Damien Panerai

Dictionnaire de rimes

et petit traité de versification

Librio

Inédit

Sommaire

Alphabet phonétique

VOYELLES

[i] **il**, **riz**, my**r**t**i**lle
[e] all**er**, all**ez**, f**ée**
[ɛ] bouqu**et**, f**ê**te, f**ai**t, m**e**rci
[a] **a**mi, gr**a**tte
[ɑ] p**as**, p**â**te
[ɔ] m**o**rdre, s**o**l
[o] gr**os**, **eau**, s**au**le
[u] f**ou**, j**ou**r
[y] t**u**, aven**ue**
[ø] d**eux**, bl**eu**
[œ] c**œu**r, p**eu**ple
[ə] r**e**nier, pr**e**mier
[ɛ̃] p**ain**, pl**ein**, br**in**
[ɑ̃] s**ang**, t**emps**
[ɔ̃] t**om**be, f**on**dre
[œ̃] l**un**di, parf**um**

SEMI-CONSONNES

[j] fa**ill**e, p**i**ed, **y**eux
[w] j**o**ie, **ou**i
[ɥ] l**u**i, f**u**ir, h**u**iler

CONSONNES

[p] **p**rune, sa**p**in
[t] **t**omate, croû**t**on
[k] **qu**el, **c**ourir, be**c**, **k**épi
[b] **b**on**b**on, cra**b**e
[d] **d**ésir, ra**d**eau
[g] **g**âteau, ba**gu**e
[f] **f**ilm, œu**f**, ty**ph**on
[s] ra**t**ion, **s**eul, de**ss**iner, **ç**a
[ʃ] **ch**ien, **sch**éma
[v] **v**apeur, é**v**aser
[z] **z**éro, ro**s**e
[ʒ] **j**eu, **g**iroflée
[l] **l**it, so**l**
[r] **r**at, pha**r**e
[m] **m**anteau, **m**ot
[n] **n**ous, do**nn**er
[ɲ] ba**gn**e, a**gn**eau

Avant-propos

Cet ouvrage est une boîte à outils pour écrire de la poésie. Il est constitué d'un court traité de versification et d'un dictionnaire de rimes.

Le traité de versification répertorie les principales unités poétiques : syllabes, vers, strophes, poèmes à formes fixes. C'est à la fois une synthèse des formes poétiques en usage depuis le Moyen Âge et une invitation à se les approprier, voire à les détourner. Le dictionnaire de rimes se doit d'être dense et pratique : les mots ont donc été sélectionnés avec le plus grand soin. Les rimes ont été classées selon les 5 principaux sons de voyelles : A, E, I, O, U. À l'intérieur de chacune de ces parties, les rimes sont classées par ordre alphabétique, sauf que les voyelles ont été chaque fois mises en tête : ainsi, à la lettre A, on a d'abord les rimes en *-ea, -ia, -oa* et ensuite *-ba, -ca, -cha, -da*, etc. Pour la partie E, on a traité les rimes en [ɛ] avant celles en [e].

On a privilégié autant que possible la simplicité, en ne considérant la rime que sous son aspect phonétique, et non orthographique : ainsi, les rimes en *-ain, -eim, -eint*, etc. se trouvent toutes à l'entrée [-ɛ̃]. Pour mémoire, nous proposons ci-contre l'alphabet phonétique.

Les noms propres ont été bannis, à moins qu'ils ne soient devenus noms communs, comme *mercure*. Les termes vieillis, les sigles et abréviations, les particularismes locaux, les interjections, les divers argots de la rue, et d'une façon générale les termes techniques et les mots de langue étrangère se trouvent assez peu représentés. Le corpus correspond peu ou prou au vocabulaire français courant.

Dans les cas où la rime est très abondante, et donc facile à trouver par soi-même, nous avons parfois choisi de mentionner simplement une catégorie entière de mots, par exemple les substantifs masculins en *-eur*, les féminins en *-té*, les adverbes en *-ment*... Les adjectifs sont presque toujours donnés sous leur forme masculine, les noms sont au singulier, et nous avons réduit au minimum les formes verbales. Nous comptons sur la sagacité du lecteur qui cherche une rime en *-ive* pour aller voir les adjectifs en *-if*. De même pour une rime en *-ô*, il trouvera des rimes supplémentaires en mettant au pluriel la plupart des mots en *-al*. Nous n'avons pas souhaité distinguer rimes féminines et rimes masculines (voir page 15), sauf dans les cas de listes très abondantes (par exemple, *-er* et *-ère*).

Les outils sont mis à la disposition du lecteur – autrement dit, à vous de jouer ! Mais attention : ne comptez pas sur ce livre pour faire l'économie de votre imagination...

Damien PANERAI

Petit traité de versification

On ne s'aventurera pas ici à tenter de définir la poésie, tâche ô combien délicate. On se contentera de présenter les principaux procédés qui permettent de s'exprimer en vers : c'est cela même qu'on appelle la versification.

Selon Philippe Martinon, à qui ce traité doit beaucoup, « le vers est une suite de mots soumis à un rythme déterminé ». Par sa régularité, il se prête plus facilement que la prose à la mémorisation, d'où son utilisation au théâtre et dans la chanson. En français, le vers se compte en syllabes. Il importe de comprendre les conventions classiques qui déterminent le rythme de la poésie française, quitte à les abandonner ensuite, mais on ne peut déconstruire correctement un objet sans avoir saisi la manière dont il a d'abord été construit.

I. LE RYTHME

1) Comment compter les syllabes ?

La syllabe est une unité phonétique fondamentale composée de consonnes et/ou de voyelles qui se prononcent d'une seule émission de voix. En principe, chaque syllabe compte.

Mais le problème se pose dès qu'on aborde la diphtongue, c'est-à-dire la succession de deux voyelles, comme dans *bruit* ou *chien*. Il faut choisir entre la **diérèse** (prononciation dissociant en deux syllabes un groupe vocalique : *bru-it*) et la **synérèse** (prononciation groupant en une seule syllabe deux voyelles contiguës d'un même mot : *chien*).

Longtemps, le choix s'est fait selon l'étymologie latine, mais il y a toujours eu de nombreuses exceptions, et l'on peut déclarer à présent que c'est au poète ou au lecteur de décider. Ainsi, Victor Hugo n'hésite pas à écrire ce vers de six syllabes :

Prussiens, Autrichiens,

Pour que le vers soit juste, l'un des deux termes doit être prononcé en diérèse et l'autre en synérèse, mais lequel ? À chacun de choisir, ou d'en faire un vers impair.

2) L'*e muet*

L'*e muet* (c'est-à-dire l'*e* situé dans la dernière syllabe du mot, ce qui est très fréquent en français) compte si le mot suivant commence par une consonne, mais ne se prononce pas s'il est suivi d'une voyelle.

La musique souvent me prend comm(e) une mer !
(Baudelaire)

Il faut noter le cas particulier du *h* qui sera considéré comme consonne s'il est aspiré (« l'intraitable hasard ») ou voyelle s'il est muet (« L'âpr(e) hiver »).
En revanche, l'*e muet* ne se prononce pas quand il se situe dans la syllabe finale du vers.

Ayez pour la cadenc(e) un(e) oreille sévèr(e).
(Boileau)

Cette règle reste valable si l'*e* est suivi d'une terminaison muette comme *s* ou *–ent* :

Et les Muses de moi comm(e) étranges s'enfui(ent).
(Du Bellay)

3) La métrique

D'après l'esthétique classique, l'harmonie est le fait de la **symétrie** entre les parties. Pour qu'un vers se divise en parties égales, il doit donc comporter un nombre pair de syllabes. Au départ, c'est l'**octosyllabe**, vers de huit syllabes, qui a prévalu (c'est le mètre de Villon) :

Fauve avec des tons écarlates,
Une aurore de fin d'été
Tempétueusement éclate
À l'horizon ensanglanté.
(Verlaine)

Ainsi que le **décasyllabe**, vers de dix syllabes (c'est celui de *La Chanson de Roland*) :

Nous aurons des lits pleins d'odeurs légères
Des divans profonds comme des tombeaux
Et d'étranges fleurs sur les étagères
Écloses pour nous sous des cieux plus beaux.
(Baudelaire)

Mais très vite s'est imposé l'**alexandrin**, vers de douze syllabes qui tire son nom du *Roman d'Alexandre*, un poème du XIIe siècle. Outre sa longueur moyenne (assez court pour être prononcé d'un seul souffle, assez long pour contenir une phrase complète), l'alexandrin présente l'avantage d'être divisible par 2, par 3, par 4 et par 6, et sa moitié encore par 2 et par 3 : il permet donc une grande variété de rythmes.

La symétrie étant de mise dans la poésie classique, les vers comportent souvent une pause en leur milieu : c'est ce qu'on appelle la **césure** qui coupe le vers en deux parties égales, nommées **hémistiches**.

Cueillez dès aujourd'hui // les roses de la vie.

Jusqu'à l'époque romantique, la césure ne devait jamais se trouver au milieu d'un mot, ni sur un *e muet*. C'est Victor Hugo qui a affaibli la césure, préférant des alexandrins répartis en 3 × 4 syllabes, comme :

J'ai disloqué ce grand niais d'alexandrin.

Après Hugo, le vers classique est franchement attaqué. Verlaine dans son *Art poétique* défendra le vers impair :

Plus vague et plus soluble dans l'air,
Sans rien en lui qui pèse ou qui pose.

Et après lui le vers libre, de longueur inégale, se développe. La Fontaine déjà mêlait les différents mètres en virtuose, mais on reconnaît encore chez lui des structures récurrentes. Même chez certains modernes aux rimes approximatives, le rythme reste l'objet d'une attention savante :

Un collier de fenêtres
Des ailes couvrent les feuilles
Tu as toutes les joies solaires
Tout le soleil sur la terre
Sur les chemins de ta beauté.
(Eluard)

4) Les strophes

La **strophe** (appelée **stance** au XVIIIe siècle) est au vers ce que le vers est à la syllabe : une suite ordonnée selon un rythme déterminé. Une série de strophes identiques s'appelle une **ode**.

Il existe deux sortes de strophes : les **isomètres** ou isométriques, qui n'admettent qu'une seule longueur de vers, et les **hétéromètres**, qui en admettent plusieurs. Il existe des types de strophes variés, que nous allons passer en revue.

– On appelle **monostiche** ou monostique la strophe composée d'un seul vers. Dans la poésie classique, le monostiche est parfois utilisé comme coda, après une succession de strophes régulières. On trouve des suites de monostiches chez des modernes comme René Char ou Henri Michaux. C'est la version poétique de l'aphorisme : le sens doit en être autonome, afin de produire une forte impression de fulgurance :

L'éclair me dure.
(Char)

– On appelle **distique** une strophe composée de deux vers à rimes plates. Là encore, la densité est de mise :

Ô saisons, ô châteaux !
Quelle âme est sans défaut ?
(Rimbaud)

– Les strophes de trois vers, ou **tercets**, sont parfois construites sur une seule rime. Plusieurs combinaisons sont possibles sur deux ou trois rimes, notamment en fin de sonnet (voir plus loin dans les poèmes à formes fixes). Le plus remarquable enchaînement de tercets se trouve chez Dante : le vers du milieu de chaque strophe rime avec le premier et le dernier de la suivante, autrement dit *aba bcb cdc*, et ainsi de suite tout au long de *La Divine Comédie*. C'est la **terza rima** ou rimes tiercées :

Silencieux comme les fleuves,
Mais gros de pleurs comme eux de flots,
Les fils, les mères et les veuves,

Par les détours du triste enclos,
S'écoulent, – lente théorie –
Au rythme heurté des sanglots.
(Verlaine)

– Les strophes de quatre vers, dits **quatrains**, sont souvent à rimes croisées ou embrassées. En alexandrins, elles peuvent porter d'amples poèmes comme *Le Voyage* de Baudelaire ou *Le Bateau ivre* de Rimbaud. Mais il est également possible d'alterner les vers longs et courts :

La pauvre fleur disait au papillon céleste :
« Ne fuis pas !
Vois comme nos destins sont différents : je reste ;
Tu t'en vas ! »
(Hugo)

– Les strophes de cinq syllabes, ou **quintils**, sont plus rares. Souvent isomètres, elles sont construites sur deux rimes selon le plan *abaab*, *aabab* ou plus rarement *abbab*. Mais il s'agit parfois d'un quatrain en alexandrins suivi d'un vers plus court :

Hélas ! que j'en ai vu mourir de jeunes filles !
C'est le destin : il faut une proie au trépas ;
Il faut que l'herbe tombe au tranchant des faucilles ;
Il faut que dans le bal les folâtres quadrilles
Foulent des roses sous leurs pas.
(Hugo)

– Les strophes de six vers, ou **sizains**, se présentent souvent comme un assemblage de deux tercets liés par leurs derniers vers : *aabccb*. Ces deux vers peuvent être plus brefs, ou seulement le dernier du sizain (les autres étant des alexandrins). Mais il existe aussi une forme datant du XVIe siècle, et que les romantiques ont reprise : deux tercets composés de deux vers de sept syllabes enclavant un vers de trois :

Sarah, belle d'indolence,
Se balance
Dans un hamac, au-dessus
Du bassin d'une fontaine,
Toute pleine
D'eau puisée à l'Ilissus.
(Hugo)

– La strophe de sept vers, ou **septain**, est rare. Elle se présente comme une sorte de demi-sonnet : un quatrain suivi d'un tercet, ou l'inverse.

– La strophe de huit vers, ou **huitain**, ne peut exister que si elle évite de juxtaposer deux quatrains : ses combinaisons intéressantes sont donc *ababcccb* et *aaabcccb*.

Un vrai sire
Châtelain
Laisse écrire
Le vilain ;
Sa main digne,
Quand il signe,
Égratigne
Le vélin.
(Hugo)

– La strophe de neuf vers, ou **neuvain**, est peu courante. Elle suit assez logiquement la structure du sizain avec un tercet supplémentaire, c'est-à-dire *aabccbddb*.

– La strophe de dix vers, ou **dizain**, est un peu comme un sonnet amputé d'un quatrain. Sa formule la plus courante est *ababccdeed*.

À partir du sizain, le vers court est préférable (huit syllabes au maximum), et plus la strophe est longue, plus il faut d'habileté pour éviter un effet de lourdeur propre à décourager le lecteur. Pourtant Victor Hugo, « la plus grande machine à produire des vers du XIXe siècle » selon Cravan, a réussi à manier la strophe de douze syllabes sur cinq rimes, comme un tercet inséré entre deux quatrains symétriques, selon la formule *ababcccdeeed* :

Oh ! demain, c'est la grande chose !
De quoi demain sera-t-il fait ?
L'homme aujourd'hui sème la cause,
Demain dieu fait mûrir l'effet.
Demain, c'est l'éclair dans la voile,
C'est le nuage sur l'étoile,
C'est un traître qui se dévoile,
C'est le bélier qui bat les tours,
C'est l'astre qui change de zone,
C'est Paris qui suit Babylone :
Demain, c'est le sapin du trône,
Aujourd'hui, c'en est le velours.

II. LA RIME

La rime est définie par Martinon comme « l'homophonie de la dernière voyelle accentuée [c'est-à-dire *e muets* non compris] et des éléments qui la suivent ». On notera (mais cet usage s'est perdu depuis) qu'on a considéré, surtout au XIXe siècle, la graphie comme plus importante que le son : ainsi, Baudelaire ose faire rimer le verbe « aimer » avec « la mer », mais jamais un singulier avec un pluriel.

1) Genre de la rime

Dans la poésie classique, on distingue entre rimes féminines et masculines. Cela n'a rien à voir avec le genre du mot à la rime, par exemple dans ces vers à rimes embrassées de Ronsard, les rimes féminines (*rose/arrose*) encadrent les masculines (*fleur/couleur*) :

Comme on voit sur la branche au mois de mai la rose
En sa belle jeunesse, en sa première fleur
Rendre le ciel jaloux de sa vive couleur
Quand l'aube de ses pleurs au point du jour l'arrose.

La rime est dite **féminine** quand la dernière syllabe accentuée est suivie d'une syllabe muette (c'est-à-dire contenant un *e muet*) : *rage/image*.

La rime est dite **masculine** dans le cas contraire, lorsqu'elle ne compte pas d'*e muet* et que le dernier phonème est un son de voyelle : *enfant/éléphant* ou *beauté/volupté*.

Pendant trois siècles, l'usage était d'alterner systématiquement rimes masculines et féminines, la règle voulant que des rimes masculines et féminines qui se suivent ne reposent jamais sur la même voyelle dominante. Mais ces deux conventions ont été beaucoup transgressées, surtout à partir de Rimbaud, et d'autres après lui.

2) Richesse de la rime

Dans la rime classique, à partir de la dernière voyelle accentuée, les sons doivent être identiques.

Ainsi, *terne/cerne* est une rime correcte, mais *terne/terme* ne l'est pas.

Perdu/vaincu est franchement pauvre, *rendu/perdu* est une rime suffisante, *rendu/pendu* est une rime riche.

Une rime dite **riche** comprend au moins trois phonèmes en commun : *orageux/courageux*.

Une rime dite **suffisante** comprend deux phonèmes communs, au moins une voyelle accentuée et une consonne : *corps/dors*. Ou une autre voyelle dans le cas de diphtongue : *nuit/bruit*.

Une rime dite **pauvre** comprend un seul phonème en commun, la dernière voyelle : *doux/caillou*.

Des rimes de différentes richesses peuvent se côtoyer :

Et ton corps se penche et s'allonge (riche)
Comme un fin vaisseau (pauvre)
Qui roule bord sur bord et plonge (riche)
Ses vergues dans l'eau (pauvre)

Comme un flot grossi par la fonte (suffisante)
Des glaciers grondants, (suffisante)
Quand l'eau de ta bouche remonte (suffisante)
Au bord de tes dents. (suffisante)

(Baudelaire)

Pour en finir avec cette question du genre, signalons deux pistes intéressantes lancées par l'Oulipo [1] :

1. OUvroir de LIttérature POtentielle : groupe de recherches fondé en 1960 et visant à découvrir de nouvelles contraintes, de nouvelles formes littéraires.

Ajouter une rime initiale (au début du vers) à la finale :

L'une se love autour de l'autre et lèche **la**
Lune ocre. Leur hulotte hulule un dernier ***la.***
(A.-M. Schmidt)

Et faire rimer systématiquement une féminine et une masculine (par exemple *pas/pâle, mât/mâle, an/âne,* etc.), dénommées rimes hétérosexuelles :

L'Arche depuis Noé était encore à quai
Toutes voiles dehors. Le Ravi cria : « Qu'est-ce ? »
Quand elle s'élança, Baptiste à l'artimon,
Tandis que s'effondrait, vaincue, la ville immonde.
(Noël Arnaud)

3) Qualité de la rime

Quelle que soit la richesse de la rime, on considère souvent comme une facilité de faire rimer deux mots de même famille et de sens voisins comme *ami/ennemi* ou *défait/refait* et d'une catégorie très abondante : un adverbe en -ment comme *habilement* rime mieux avec un nom comme *tourment* qu'avec *utilement,* bien que la rime soit moins riche. De même, des rimes aussi banales que *amours/toujours* ou *songe/mensonge* sont déconseillées. Dans l'ensemble, richesse et rareté sont les qualités principales d'une bonne rime, mais ces règles sont loin d'être absolues : parfois le sens doit l'emporter sur la forme, et les grands poètes ont su se jouer des contraintes. Voyez comment Rimbaud permet à la rime toutes les audaces :

Elle est retrouvée !
Quoi ? – L'éternité.
C'est la mer mêlée
Au soleil.

Mon âme éternelle,
Observe ton vœu
Malgré la nuit seule
Et le jour en feu.

Donc tu te dégages
Des humains suffrages,
Des communs élans !
Tu votes selon...

– Jamais l'espérance.
Pas d'orietur.
Science et patience,
Le supplice est sûr.

Plus de lendemain,
Braises de satin,
Votre ardeur
Est le devoir.

Elle est retrouvée !
Quoi ? – L'éternité.
C'est la mer mêlée
Au soleil.

4) La succession des rimes

– On appelle **plates** ou **suivies** les rimes qui alternent deux par deux (*aabb*) :

– Et puis l'orgue s'éloigne, et puis c'est le silence
Et la nuit terne arrive et Vénus se balance
Sur une molle nue au fond des cieux obscurs ;
On allume les becs de gaz le long des murs.
(Verlaine)

– On appelle rimes **croisées** ou **alternées** celles qui alternent une à une (*abab*) :

Le temps aux plus belles choses
Se plaît à faire un affront,
Et saura faner vos roses
Comme il a ridé mon front.
(Corneille)

– Deux rimes incluses à l'intérieur de deux autres sont dites **embrassées** (*abba*) :

Je vois avec étonnement
Le feu de ses prunelles pâles,
Clairs fanaux, vivantes opales,
Qui me contemplent fixement.
(Baudelaire)

– Enfin, les rimes sont dites **mêlées** quand la succession en est libre (dans l'exemple suivant : *aabcbcdccdcaeea*) :

De la tige détachée,
Pauvre feuille desséchée,
Où vas-tu ? – Je n'en sais rien.
L'orage a frappé le chêne
Qui seul était mon soutien.
De son inconstante haleine,
Le zéphir ou l'aquilon
Depuis ce jour me promène
De la forêt à la plaine,
De la montagne au vallon.
Je sais où le vent me mène,
Sans me plaindre ou m'effrayer ;
Je sais où va toute chose,
Où va la feuille de rose,
Et la feuille de laurier.
(Arnault)

III. LANGAGE POÉTIQUE ET LICENCE

1) Vocabulaire

Dès l'origine, on a versifié à tous les niveaux de la langue, même la plus explicite :

Mais, paravant, en étrons de pourceaux
Soient frites ces langues ennuyeuses !
(Villon)

L'âge classique a voulu distinguer mots nobles et mots roturiers : Racine, pour oser faire passer le mot *chien* dans un vers, devait y accoler une noble épithète. Des mots comme *forfait, coursier, courroux, hymen, fer, onde, nef, glaive* prenaient un sens particulier lorsqu'on les insérait dans une poésie. On n'en use plus aujourd'hui que par dérision.

Rappelons en passant que la poésie surgit aussi bien d'un vocabulaire savant et inattendu :

> À la vesprée ils font des fresques
> Ityphalliques et pioupiesques.
> (Rimbaud)

que du lexique le plus simple :

> Le jour n'est pas plus pur que le fond de mon cœur.
> (Racine)

2) Sonorités

L'harmonie consiste à introduire *la plus grande variété possible dans la succession des sons* qui forment les syllabes.

L'**assonance** (répétition d'un même son de voyelle) comme :

> Tout m'afflige et me nuit, et conspire à me nuire.
> (effet plaintif)

et l'**allitération** (répétition d'un même son de consonne) :

> Pour qui sont ces serpents qui sifflent sur vos têtes ?

Dans ces deux vers de Racine, l'assonance en *i* du premier donne un effet plaintif, tandis que l'allitération en *s* du second reproduit fidèlement le sifflement des serpents. Dans les deux cas, on obtient un effet d'imitation du réel, mais il ne faut pas en abuser.

> Entend-on de la mer les ondes bouillonner,
> Le vers comme un torrent en roulant doit tonner.
> (Delille)

Inversement, les travaux de l'Oulipo ont démontré les possibilités du **lipogramme**, qui consiste à s'interdire d'utiliser une ou plusieurs lettres de l'alphabet. Voici cinq versions en lipogrammes d'un même vers, le deuxième est de Perec, le dernier est l'original de Rimbaud :

(a) Épées d'icebergs fiers, rois blonds, frissons d'ombelle

(e) Harpons du fjord hautain, rois blancs, frissons d'anis

(i) Lances aux sommets glacés, tsars blancs, vagues d'ombelle

(o) Lances des glaciers fiers, ducs blancs, fièvre d'hélianthe

(u) Lances des glaciers fiers, rois blancs, frissons d'ombelle

3) Syntaxe

C'est une erreur de croire que la poésie classique n'était que contrainte : rigide sur la question rythmique, elle permettait bien des aménagements avec la syntaxe et l'orthographe : selon les besoins de rime et de métrique, on pouvait écrire *encor* ou *encore*, *zéphyr* ou *zéphire*, *certe* ou *certes*, *jusque* ou *jusques*, *avec* ou *avecques* et même *je di*, *je voi* que Victor Hugo encore emploie sans scrupule, sans parler d'élisions aujourd'hui incongrues comme :

Chose ne leur parut à tous plus salutaire.
(La Fontaine)

L'une des marques, on peut même dire l'un des privilèges de la langue poétique classique, c'est l'inversion. Les contraintes de rythme (la volonté de renforcer la césure) allaient de pair avec une grande souplesse d'ordonnancement, issue de la tradition latine. Qui écrirait comme Voltaire :

Je n'ai pu de mon fils consentir à la mort.

ou comme Malherbe :

Mais mon âme qu'à vous ne peut être asservie ?

On peut se demander si de tels procédés n'étaient pas déjà ridicules pour leurs contemporains. Théophile Gautier s'en moquait avec ce vers biscornu :

Que de chemin suit son petit bonhomme ;

Mallarmé encore joue du procédé, mais sans doute y a-t-il chez lui une volonté de brouillage, d'obscurcissement du sens :

De l'éternel azur la sereine ironie
Accable, belle indolemment comme les fleurs

IV. LES POÈMES À FORMES FIXES

Certains poèmes se définissent par leur sujet : le **madrigal**, qui exprime une pensée ingénieuse et galante, le **blason**, qui décrit une partie du corps de la personne aimée, ou l'**épigramme**, nécessairement satyrique et mordante. Très en vogue dans les salons, ces pièces souvent brèves (une seule strophe) ne sont pas à proprement parler des poèmes à formes fixes. Ceux-ci se définissent par leur structure rythmique. Les principaux sont le triolet, la villanelle, le rondeau, la ballade et le sonnet.

1) Le triolet

Le triolet est composé de huit vers sur deux rimes, le quatrième vers répète le premier, et les deux derniers répètent les deux premiers : il n'y a donc que cinq vers dont le premier se répète trois fois et le deuxième deux fois selon la formule *aba'aa"b'ab* :

Quand ils auront tari leurs chiques,
Comment agir, ô cœur volé ?
Ce seront des refrains bachiques
Quand ils auront tari leurs chiques :
J'aurai des sursauts stomachiques
Si mon cœur triste est ravalé :
Quand ils auront tari leurs chiques,
Comment agir, ô cœur volé ?

(Rimbaud)

2) La villanelle

La villanelle se compose d'un nombre impair de tercets suivis d'un quatrain sur deux rimes. Le premier et le dernier vers du premier tercet, qui riment ensemble, se répètent alternativement pour terminer les tercets suivants où ils riment à chaque fois avec le premier vers, et se retrouvent pour terminer le quatrain final :

J'ai perdu ma tourterelle.
Est-ce elle que je ne vois ?
Je veux aller après elle.

Tu regrettes ta femelle ;
Hélas ! aussi fais-je, moi :
J'ai perdu ma tourterelle.

Si ton amour est fidèle,
Aussi est ferme ma foi :
Je veux aller après elle.

Ta plainte se renouvelle ;
Toujours plaindre je me dois
J'ai perdu ma tourterelle.

En ne voyant plus la belle,
Plus rien de beau je ne vois
Je veux aller après elle.

Mort, que tant de fois j'appelle,
Prends ce qui se donne à toi :
J'ai perdu ma tourterelle,
Je veux aller après elle.

(d'après Passerat)

3) Le rondeau

Le rondeau, ainsi nommé à cause de sa forme circulaire, a treize vers sur deux rimes, plus rarement trois rimes, dont l'une se répète huit fois, l'autre cinq : *aabba, aab, aabba*. Le début du premier vers se répète à la fin de la première strophe et à la fin du rondeau :

Mort,
J'appelle de ta rigueur,
Qui m'as ma maîtresse ravie,
Et n'es pas encore assouvie
Si tu ne me tiens en langueur :
Je n'ai plus force ni vigueur ;
Mais que te nuisait-elle en vie,
Mort ?

Deux étions et n'avions qu'un cœur ;
S'il est mort, force que je dévie
Voire, ou que je vive sans vie
Comme les images, par cœur,
Mort !

(d'après Villon)

Une variante de rondeau, souvent appelé *rondel*, se construit également en treize vers sur deux rimes : un quatrain embrassé, *abba*, un quatrain croisé, qui se termine par les deux premiers vers du premier quatrain, *abab*, et un quatrain embrassé auquel on ajoute le premier vers du rondeau, *abbaa'* :

Le temps a laissé son manteau
De vent, de froidure et de pluie,
Et s'est vêtu de broderie,
De soleil luisant, clair et beau.
Il n'y a bête ni oiseau
Qu'en son jargon ne chante et crie :
Le temps a laissé son manteau
De vent, de froidure et de pluie.

Rivière, fontaine et ruisseau
Portent en livrée jolie
Gouttes d'argent, d'orfèvrerie.
Chacun s'habille de nouveau.
Le temps a laissé son manteau.

(Charles d'Orléans)

4) La ballade

La ballade se compose de trois couplets et demi construits sur les mêmes rimes. Chaque couplet, divisé en deux, comprend huit vers sur trois rimes : *abab bcbc*, ou dix vers de dix syllabes sur quatre rimes : *abab bccdcd*. Le demi-couplet final, qui porte le nom d'*envoi*, s'adresse à une autorité (il commence souvent par le mot « Prince ») et reproduit la disposition de la seconde moitié des couplets, avec les mêmes rimes et le refrain. Les plus belles sont de Villon :

Dites-moi où, dans quel pays,
Est Flora la belle Romaine ;
Archipiada, né Thaïs,
Qui fut sa cousine germaine ;
Écho parlant quand bruit on mène
Dessus rivière ou sur étang,
Qui beauté eut trop plus qu'humaine ?
Mais où sont les neiges d'antan ?

Où est la très sage Heloïs,
Pour qui châtré fut et puis moine
Pierre Esbaillart à Saint-Denis ?

Pour son amour eut cette peine.
Semblablement, où est la reine
Qui commanda que Buridan
Fût jeté en un sac en Seine ?
Mais où sont les neiges d'antan ?

La reine Blanche comme lis
Qui chantait à voix de sirène,
Berthe aux grands pieds, Biétrix, Alis,
Haremburgis qui tint le Maine,
Arembour, comtesse du Maine
Et Jeanne la bonne Lorraine
Qu'Anglais brûlèrent à Rouen ;
Où sont-ils, Vierge souveraine ?
Mais où sont les neiges d'antan ?

Prince, n'enquérez de semaine
Où elles sont, ni de cet an,
Que ce refrain ne vous revienne
Mais où sont les neiges d'antan ?

(d'après Villon)

5) Le sonnet

D'origine italienne, le sonnet est la forme poétique la plus répandue. Il se compose de deux quatrains construits sur les mêmes rimes et de deux tercets. La disposition des rimes a varié au cours des siècles. Si les quatrains sont presque toujours à rimes embrassées, les tercets ont plusieurs combinaisons possibles : *cdc dcd* (c'est le sonnet **italien**), *ccd ede* (sonnet à **rimes françaises**) et *ccd eed* (sonnet **marotique**, car c'est Marot qui l'a popularisé). Une variante notable est le sonnet **anglais** immortalisé par Shakespeare, qui se présente sous forme de trois quatrains à rimes croisées suivis d'un distique à rimes plates : *abab cdcd efef gg*. Dans tous les cas de figure, c'est le vers final qui exprime l'idée essentielle, c'est pourquoi il est d'usage de commencer par la chute.

Voici, parmi d'autres plus célèbres, le sonnet en monosyllabes de Jules de Rességuier :

Fort
Belle,
Elle
Dort ;

Sort
Frêle !
Quelle
Mort !

Rose
Close,
La

Brise
L'a
Prise.

6) Haïku et tanka

Signalons pour finir un genre aujourd'hui très répandu, sans doute en raison de son apparente facilité : le haïku, issu de la tradition japonaise.

Il s'agit d'un tercet de 17 syllabes, en principe réparties comme suit : 5-7-5, sans contrainte de rimes particulières. La métaphore, et la plupart des figures de style occidentales en sont proscrites, à l'exception de la litote : le haïku doit exprimer la vérité d'un instant, de la manière la plus brève et la plus simple possible. Un haïku digne de ce nom doit détenir un signe de la saison où il fut composé.

Le vent de l'automne
Plus pâle que les rochers
De cette colline.

(Bashō)

À partir du haïku, on peut composer le tanka en y ajoutant, avant ou après, un distique de 14 syllabes : 7-7. À la Cour impériale du Japon, les deux parties du tanka étaient écrites par deux poètes différents, l'un répondant à l'autre.

L'éclair est fugitif
Qui illumine les épis
Des rizières d'automne.
Même pour un instant aussi court
Je ne saurais t'oublier.

(anonyme)

Dictionnaire de rimes

A

[ea]
aléa
alinéa
béat
lauréat, bacca-

[ja]
maya
mafia
dahlia
camélia
malaria
paria
acacia
alléluia
thuya
immédiat
noviciat
galimatias

[oa]
boa
shoah

[ba] et [bɑ]
bas, branle–,
en contre-
ici-bas, là-bas
bat, a-, re-, ra-, s'é-,
dé-, com-
abats, ébats
bât
rabat
grabat
célibat

[ka]
tapioca
coca
moka
Inca
cas, en-cas, en tout cas
fracas
tracas
choucas
syndicat
certificat
délicat, in-
avocat
muscat

[ʃa]
pacha
chas
chat, entre-, œil-de–
achat, r-
crachat

[da]
armada
réséda
véranda
agenda
candidat
sida
mandat
soldat
soda
judas

[fa]
sofa
alpha

[ga] et [gɑ]
manga
alpaga
oméga
dégât
renégat
yoga
nougat

[ʒa]
déjà
raja
goujat
orgeat

[la]
cela, celui-là
là, par là, çà et là
halte-là, qui va là
delà, au–, par–
falbala
gala
smala
voilà, re-
holà
prélat
villa
tombola
lacs, entre-
las
matelas
lilas
éclat
verglas
chocolat
plat
bamboula

[ma] et [mɑ]
cinéma
panama
panorama
amas
damas
frimas
mât, trois-mâts
climat
anonymat
format

[na]
n'a, on a
hosanna
nirvana
ananas
cadenas
grenat
sénat
orphelinat
assassinat
pensionnat
magnat

[pa] et [pɑ]
appât
appas
papa
pampa
pas (faux)
repas
trépas
compas

[ra]
ras
rat, queue-de–
raz (de marée)
haras
carat
baccarat
apparat
débarras, embarras
caméra
choléra
scélérat
opéra

et cetera
odorat
doctorat
angora
hourra
cobra
châkra
drap
ingrat
contrat
magistrat
nec plus ultra
mort-aux-rats
bras, avant–,
fier-à–
madras
gras (Mardi)
fatras
platras
extra

[sa]
forçat

[ta]
tas
taffetas
duplicata
état
vendetta
iota
delta
placenta
attentat
résultat
fiesta

[va]
diva
vas
gravats
canevas

[za]
coryza
yakuza
visa
mimosa
colza

[ab]
baobab
syllabe, mono-
arabe
crabe

[abl] et [ɑbl]
Tous les adjectifs en -able
contribuable
diable
amiable
câble
accable
fable
râble
érable
sable
table
portable

[abr] et [ɑbr]
se cabre
macabre
palabre
délabre
candélabre
glabre
sabre

[ak]
cloaque
bivouac
zodiaque
élégiaque
orgiaque
maniaque
démoniaque
hypocondriaque
paradisiaque
aphrodisiaque
paranoïaque
cognac
bac
macaque
chaque
lac
laque

claque
flaque
plaque
hamac
cornac
opaque
baraque
braque
bric-à-brac
craque
krach
traque
matraque
détraque
vrac
sac, cul-de–
ressac
casaque
cosaque
attaque
vaque

[aʃ] et [ɑʃ]
hache
bâche, ra-
fâche
gâche
gouache
squash
cache
lâche
mâche
panache
apache
arrache
crache
sache
tache
tâche
attache
pistache
moustache
vache
cravache

[akl] et [ɑkl]
bâcle
débâcle, embâcle
tabernacle
racle
miracle
oracle
spectacle
obstacle

[akr]
acre
simulacre
nacre
sacre
massacre

[akt]
acte
autodidacte
pacte
compact
cataracte
réfracte
rétracte
entracte
contracte
tact, contact
intact
exact

[ad]
escouade
ruade
persuade
dissuade

[jad]
jérémiade
myriade
triade
naïade
pléiade
noyade
mitraillade
taillade
œillade
grillade
fusillade

[bad]
aubade
gambade

[cad]
saccade
estacade
décade
barricade
estocade
cavalcade
arcade
cascade
embuscade
muscade

[fad]
rebuffade

[gad]
brigade
bourgade

[ʒad]
galéjade
orangeade

[lad]
ballade
escalade
malade, garde–
salade
marmelade
enfilade
accolade
roulade
reculade
peuplade

[mad]
brimade
nomade
pommade

[nad]
esplanade
promenade
grenade
monade
sérénade
colonnade
limonade
canonnade

fanfaronnade
cantonade

[pad]
escapade

[rad]
mascarade
charade
camarade
parade
tirade
grade
estrade
balustrade

[sad]
ambassade
façade
embrassade
palissade
maussade
torsade
rasade
croisade

[tad]
boutade
pintade
rodomontade
incartade
stade

[vad]
bravade
évade

[adr]
cadre
escadre
ladre

[af]
piaffe
gaffe
carafe
paraphe
girafe
agrafe
graphe, para-, télé-, ortho-, épi-, géo-, bio-, typo-, photo-
épitaphe
soif
coiffe

[afl]
rafle

[afr]
affres
balafre

[aʒ] et [ɑʒ]
âge
péage
rouage
nuage

[jaʒ]
verbiage
alliage
mariage
triage
nettoyage
voyage
feuillage
babillage
pillage, gas-
coquillage
maquillage
grillage
sillage
outillage
enfantillage
barbouillage, dé-
gribouillage
lignage
témoignage

[baʒ]
ambages
herbage

[kaʒ]
cage
placage
saccage
marécage
bocage

[ʃaʒ]
branchage

[daʒ]
adage
échafaudage
marivaudage
bandage
brigandage
vagabondage
sondage
bavardage
bordage, a-
cordage

[faʒ]
sarcophage
anthropophage
œsophage

[gaʒ]
gage
engage, r-
bagage
langage
tangage

[laʒ]
emballage, déballage
étalage
pelage
attelage
village
moulage
soulage
assemblage
persiflage
plage

[maʒ]
ramage
image
hommage
dommage, en-, dé-
fromage

chômage
plumage

[naʒ]
nage
engrenage
lainage
ménage, dé-, em-, remue–
concubinage
badinage
jardinage
pèlerinage
voisinage
patinage
libertinage
espionnage
patronage
personnage
carnage

[paʒ]
page
tapage
équipage
propage

[raʒ]
rage, en-
barrage
parage
éclairage
commérage
mirage
tirage, sou-
cirage
orage
labourage
courage, en-, dé-
fourrage
entourage
pâturage
ombrage
naufrage
saxifrage
suffrage
plâtrage, re-
arbitrage
vitrage
outrage
ouvrage

[saʒ]
massage
passage, re-
message
blanchissage
remplissage
vernissage
atterrissage
apprentissage
corsage
pesage
présage
paysage
visage, en-, dé-
usage

[taʒ]
sauvetage
étage
laitage
ermitage
héritage
otage
radotage
potage
tripotage
chantage
avantage, dés-
davantage
pointage
montage
partage, dé-
stage

[vaʒ]
lavage, re-
esclavage
ravage
élevage
breuvage
veuvage
rivage
sauvage
servage

[aɲ]
bagne
gagne, re-
pagne
campagne
champagne
compagne, ac-, rac-
montagne

[ag]
bague
dague
élague
goulag
schlague
drague
vague, di-, extra-

[aj]
aïe
aille
bail
bercail
caille
racaille
écaille
rocaille
skaï
médaille
faille
défaille
volaille
émail
gouvernail
canaille
tenailles
paille
ripaille
rail
sérail
soupirail
attirail
corail
ferraille
funérailles
muraille
poitrail
vitrail
mitraille

entrailles
broussaille
fiançailles
bétail
détail
éventail
épouvantail
portail
taille, re-, en-
bataille
travail
ouaille
victuaille
vaille
trouvaille
représailles
grisaille
cisailles

[al] et [ɑl]
hâle
halle
idéal
céréale
boréal

[jal]
proverbial
mondial
cordial
primordial
filial
familial
génial
cérémonial
seigneurial
impérial
mémorial
armorial
glacial
spécial
initial, initiale
social, a-, anti-
provincial
nuptial
martial
partial, im-
bestial
trivial
jovial
fluvial
loyal, dé-
royal
signal

[bal]
hand-ball
balle, dé-, em-
cabale
cannibale
global
tombal
cymbale
verbal, procès–

[kal]
cale, dé-, re-
chacal
monacal
radical
médical
pontifical
amical
dominical
tropical, inter-
clérical
musical
vertical
bocal
local
vocal
bancal
patriarcal
escale

[ʃal]
maréchal

[dal]
dalle
dédale
pédale
sandale
féodal
vandale

[fal]
rafale
s'affale
philosophale (pierre)
triomphal

[gal]
astragale
égal, in-, égale
légal, il-
régal, régale
madrigal
cigale
conjugal
frugal
fringale

[mal] et [mɑl]
mâle
malle
animal
lacrymal
thermal
normal
baptismal

[nal]
anal
banal
bacchanales
canal
arsenal
phénoménal
pénal
vénal
machinal
cardinal
diagonale
final
original
terminal
matinal
méridional
régional
septentrional
national, inter-
tribunal
communal
infernal
hivernal
journal
saturnales

[pal] et [pɑl]
pâle
municipal
principal
opale
empale

[ral] et [rɑl]
râle
libéral
sidéral
général
minéral
vespéral
latéral, col-
littéral
spirale
oral
choral
floral
moral, im-, a-,
morale
littoral
sororal
pastoral
mural
rural
guttural
pictural
sculptural
cérébral
vertébral
sépulcral
cathédrale
intégral
théâtral
central
astral
magistral
mistral

[sal]
colossal
provençal
transversal
paradoxal
sale, des-, re-
salle
nasale
exhale

[tal]
fatal
natal
végétal
métal
capital
hôpital
vital
total
brutal
oriental
occidental
mental
fondamental
ornemental
sentimental
instrumental
continental
santal
frontal
horizontal
piédestal
cristal
étale
détale
pétale
digital
stalle

[val]
val
aval
naval
carnaval
cheval
rival
estival
festival
avale, r-
cavale
rival
ovale
intervalle

[alm]
calme
palme

[alp]
scalpe
palpe

[alk]
calque, dé-
catafalque

[alt]
halte
asphalte
basalte
exalte

[alv]
salve
valve, uni-, bi-

[ɑ̃b]
jambe, en-,
croc-en-jambe
flambe
dithyrambe

[ɑ̃bl]
tremble
semble, res-
assemble, r-, dés-
ensemble

[ɑ̃br]
cambre
chambre
gingembre
membre, dé-
décembre
septembre
novembre

[am] et [ɑm]
âme
dame, ma-
infâme
femme, sage-
affame
diffame
gamme
bigame
amalgame
lame, brise-lames
blâme
clame, ac-, dé-, pro-
réclame
flamme, en-, ren-, ori-
imam
pâme
rame

brame
drame, mélo-
ashram
gramme, ana-,
télé-, pro-
trame
hippopotame
entame

[ɑ̃p]
hampe
campe, dé-
lampe, cul-de–
rampe
crampe
trempe, dé-, re-
tempe
estampe

[ɑ̃mpl]
ample
exemple
temple
contemple

[ɑ̃]
Tous les participes présents et adjectifs en -ant

[eɑ̃]
béant
océan
géant
suppléant
néant
fainéant
mécréant

[jɑ̃]
ingrédient
étudiant
mendiant
stupéfiant
client
inconvénient
orient
patient, im-
croyant, in-
voyant
gagnant

[yɑ̃]
affluent, confluent

don Juan
truand

[bɑ̃]
ban
forban
turban
ruban

[kɑ̃]
astrakan
pélican
cancan
volcan
carcan
toscan
quand, quant
camp
fréquent
conséquent, in-

[ʃɑ̃]
champ, sur-le–
chant
méchant
couchant

[dɑ̃]
dans, dedans
dent, cure–
précédent, antécédent
excédent
confident
trident
strident
incident, accident
occident
président, vice–
dissident
résident
évident
prudent, im-
pendant
cependant
correspondant
perdant

[fɑ̃]
faon
fend, pour-, re-
défend
éléphant
enfant, infant

[gɑ̃]
gant
ouragan
yatagan
brigand
onguent

[ʒɑ̃]
gent, entre-, gens
agent
régent
argent, vif–
urgent

[lɑ̃]
lent
talent
élan
goéland
bilan
milan
clan
excellent
violent
insolent
volant, cerf–
blanc, fer–
semblant, faux–
flanc
gland
plan
plant

[mɑ̃]
Tous les noms et adverbes en -ment
ment
amant
maman, grand–
diamant
médicament
filament
flamand
flamant
firmament
aimant
véhément
dément
élément
clément
tempérament
testament

allemand
caïman
roman
ottoman
musulman
comment
moment
froment
jument
instrument
fragment
segment
pigment
calmant
charmant
normand
gourmand
tourment
talisman

[nɑ̃]
maintenant
continent
tournant

[pɑ̃]
pan
paon
chenapan
tympan
pend, ap-, dé-, sus-
guet-apens
se repent
épand, r-
occupant
arpent
serpent

[rɑ̃]
rang
rend
hareng
garant
parent
apparent, transparent
vétéran
déférent
différent, in-
différend
révérent, ir-
incohérent
adhérent
tyran
colorant, dé-
cormoran
torrent
restaurant
courant, contre–
concurrent
durant
cran
écran
cadran
franc, coup–
safran
grand
prend

[sɑ̃]
Tous les participes présents des verbes du 2e groupe
sang
cent
sent, res-, pres-
décent, in-
descend, re-, con-
incandescent
convalescent
adolescent
récent
puissant, im-, tout–
innocent
encens
consent
absent
accent
commerçant
persan
perçant
versant
pur-sang
faisan
présent
exempt
paysan
artisan
partisan
courtisan

[tɑ̃]
taon
tend, re-, é-, dé-
temps (à), contre-, entre–
attend
combattant
latent
charlatan
va-t'en
étang
compétent, in-
prétend
habitant
titan
intermittent
pénitent, im-
autant
orang-outang
entend, sous–
printemps
content, mé-
longtemps
sultan
insultant
portant (à bout)
important
pourtant
restant
protestant
instant
constant, in-

[vɑ̃]
vend, re-, sur-
vent, para-, contre-
avant, aupar-, dorén-
devant, au–, ci–
savant
levant
divan
suivant
vivant, sur-
couvent
souvent
dissolvant
fervent

[ɑ̃s]
Tous les noms féminins en -ence et -ance
danse, contre-
dense, con-
défense, offense

silence
immense
commence, re-
finance
panse
pense, re-
dépense
compense, ré-
dispense
transe
sens (bon),
non–, contre-
encense
tance
intense
avance
devance

[ɑ̃ʃ]
hanche, se dé-
avalanche
blanche (carte)
planche
manche, dé-, em-
dimanche, en-
penche
épanche
branche, dé-
franche
tranche, re-
étanche
revanche
pervenche

[ɑ̃kr]
cancre
chancre
échancre

[ɑ̃d]
viande
bande, dé-
plate-bande
sarabande
contrebande
marchande
dividende
propagande
légende
lande
houppelande
guirlande
glande
amande
amende
demande, re-
commande, dé-,
télé-, re-
réprimande
offrande
lavande

[ɑ̃dr]
Tous les verbes en
-endre et -andre
méandre
scaphandre
gendre
engendre
filandre
esclandre
salamandre
cendre
tendre

[an] et [ɑn]
âne
douane
liane
castillane

[ban]
cabane
enrubanne

[kan]
sarbacane
ricane
arcane

[dan] et [dɑn]
damne, con-
âne (dos-d')

[fan]
fane
diaphane
profane

[gan]
tzigane
afghane

[lan] et [lɑn]
coq-à-l'âne
catalane
flâne
glane
plane, aéro-

[man]
cameraman
chaman
brahmane
bimane
quadrumane
émane
gentleman
self-made-man
érotomane
kleptomane
mégalomane
mélomane
mythomane
nymphomane
romane
opiomane
pyromane
ottomane
toxicomane
walkman
musulmane
barman
doberman
tennisman
businessman
rugbyman
jazzman

[nan]
banane

[pan]
panne
trépane
frangipane

[ran] et [rɑn]
membrane
crâne
filigrane
soprane

[zan]
basane
paysanne
tisane
courtisane

[tan]
platane
gitane
capitane
soutane
sultane
tramontane

[van]
havane
pavane
se pavane
caravane
savane

[ɑ̃ʒ]
ange, archange
louange
change
échange, libre–
vidange
vendange
fange
lange
phalange
mélange
mange
démange
range, ar-, dé-
orange
frange
grange
étrange
mésange
losange
venge

[ɑ̃gl]
angle, tri-, rect-
étrangle
sangle, des-

[ɑ̃g]
big bang
gang
gangue
langue
mangue
harangue
exsangue
tangue

[ɑ̃l]
branle, é-
chambranle

[ɑ̃k]
banque, em-, dé-
saltimbanque
calanque
flanque, ef-
manque
franque

[ɑ̃t]
hante
étudiante
mendiante
cliente
suppliante
amiante
communiante
oriente, dés-
patiente, im-
voyante
surveillante

[kɑ̃t]
fréquente
cinquante

[ʃɑ̃t]
chante, dé-
enchante, dés-

[dɑ̃t]
pédante
confidente
ardente (chapelle)

[fɑ̃t]
fente
éléphante
enfante
infante

[gɑ̃t]
gante, dé-
intrigante

[ʒɑ̃t]
jante
régente
tangente, co-, sous–
argente, dés-, ré-

[lɑ̃t]
filante (étoile)
plante

[mɑ̃t]
mante
menthe
amante
tourmente

[nɑ̃t]
gouvernante

[pɑ̃t]
se repente
arpente
charpente
serpente

[rɑ̃t]
amarante
parente, ap-
quarante
courante
trente

[sɑ̃t]
sente, res-, pres-,
consente
remplaçante
soixante
descente
cessante
innocente
s'absente

[zɑ̃t]
plaisante
présente
exempte

[tɑ̃t]
tante, grand–
tente, at-, in-, sus-
attente
détente
dilettante

pénitente
débutante
entente
contente, mé-

[vɑ̃t]
vente, re-, mé-
vente, é-
suivante
épouvante
invente, ré-
servante

[ɑ̃tr]
entre, r-
entre
centre, con-, dé-,
décon-, re-
ventre, é-, bas–

[ap] et [ɑp]
happe
cape
échappe
nappe
pape
soupape
rap
râpe
drape
frappe
grappe, é-
trappe, chausse–
attrape, r-
sape
tape, re-
étape

[ɑpr]
câpre

[apt]
apte, in-
capte

[bar]
jobard
barre
barbare

[kar]
quart
placard
écart
picard
brancard
drakkar

[ʃar]
mouchard

[dar]
dard
étendard
radar

[far]
fard
cafard
blafard
nénuphar
phare
effare
fanfare

[gar]
gare
bagarre
hagard
regard
égard
égare
hangar
cigare

[lar]
lard, tranche–
hilare
déclare
dollar
foulard
polar

[mar]
marc
cauchemar
homard
mare
amarre
tintamarre

[nar]
narre
canard
lupanar
goguenard
traquenard
renard
épinard

[par]
part (à), dé-, quote–
la plupart
part, re-, se dé-
épars
léopard
pare, dé-, ré-, pré-, sé-,
com-, acca-, s'em-,
désem-
rempart

[rar]
rare
carrare
curare

[sar] et [zar]
brassard
cuissard
hussard
hasard
bazar
alcazar
lézard
césar
bizarre
tsar

[tar]
tard, re-
tare
guitare
sitar
hectare
tartare
bâtard
avatar
pétard
têtard
vantard
nectar
star

[var]
avare
bavard
boulevard

[arb]
barbe
joubarbe
rhubarbe

[arbr]
arbre
marbre

[ark]
arque
gymnasiarque
barque, em-,
dé-, rem-
marque, dé-, contre-
remarque
monarque
parc
parque
quark

[arʃ]
patriarche
marche
démarche
contremarche

[ard]
hard
barde
hallebarde
cocarde
écharde
garde (corps de),
arrière–, avant–
mégarde
sauvegarde
poularde
hussarde
mansarde
nasarde
lézarde
bâtarde
moutarde

[arʒ]
charge, dé-, re-, sur-
large
marge

[arg]
cargue
largue
nargue
se targue

[arm]
arme, dés-
gendarme
alarme
vacarme
charme
larme

[arn]
lucarne
incarne
s'acharne

[arp]
harpe
carpe (saut de)
escarpe, contr-
écharpe

[ars]
farce
mars
éparse
comparse

[art]
carte, porte-cartes
pancarte
encarte
quarte
écarte
charte
parte, re-, se dé-
tarte

[as]
as
coasse
croasse
liasse
coriace
paillasse

[bas]
basse (main)
contrebasse

[kas]
casse, re-, con-
jacasse
fracasse
tracasse
bécasse
dédicace
efficace, in-
perspicace
fricasse
carcasse, dé-

[ʃas]
chasse, garde–,
pour-
échasse

[das]
audace

[fas]
fasse
face, face à face, volte–
surface
efface
préface, postface

[gas]
agace
sagace
fugace

[las]
las !, hélas !
lace, dé-, en-, entre-
glace
plexiglas
lasse, dé-
atlas
matelasse
mélasse
se prélasse
populace
classe, dé-
glace
place, dé-, re-, rem-

[mas]
masse, a-, ra-
limace

grimace
contumace

[nas]
cadenasse
menace
tenace

[pas]
passe, re-, dé-, sur-, outre-, tré-, passe–
impasse
rapace
carapace
espace

[ras]
race
harasse
embarrasse
débarrasse
paperasse
terrasse
cuirasse
vorace
brasse, em-
crasse, en-, dé-
grâce, dis-
grasse
trace, re-
stras

[sas] et [zas]
sas
besace
rosace

[tas]
tasse
entasse
vasistas

[vas]
lavasse
crevasse
rêvasse
vivace

[az]
base
case
phase
emphase
gaz
gaze
jase
jazz
gymnase
topaze
rase
embrase
écrase
phrase, para-, péri-
extase
vase, é-, trans-

[asm]
asthme
miasme
marasme
enthousiasme
sarcasme
pléonasme
spasme

[ask]
basque
casque
flasque
masque, dé-
tarasque
bourrasque
frasque
fantasque

[ast]
enthousiaste
caste
chaste
faste, fastes
iconoclaste
gymnaste
contraste
vaste, dé-

[astr]
encastre
cadastre
désastre

[at] et [ɑt]
ouate
hâte

[bat] et [bɑt]
batte
bâte, dé-, em-
acrobate
shabbat

[kat]
délicate

[dat]
datte
candidate

[fat]
fat
calfate
sulfate
phosphate

[gat] et [gɑt]
gâte
agate
renégate
régate
frégate

[lat]
latte, dé-
relate
frelate
dilate
écarlate
blatte
éclate
flatte
plate
omoplate

[mat]
mat (échec et)
acclimate
diplomate
aromate
tomate
automate
stigmate

[nɑt]
pénates
sonate

[pɑt]
pâte, em-
appâte

[rat]
disparate
scélérate
pirate
démocrate
aristocrate
autocrate
bureaucrate
gratte
ingrate

[tat] et [tɑt]
tâte
patate
cantate
constate

[vat]
cravate
savate

[atr] et [ɑtr]
théâtre, amphi-
bleuâtre
opiniâtre, s'-
acariâtre
battre, ra-, com-,
se dé-, s'é-
quatre
châtre
bellâtre
idolâtre
mulâtre
plâtre, em-
saumâtre
pâtre
marâtre
douceâtre

[av]
suave
zouave
bave
cave, dé-, en-
concave
gave
lave, dé-, re-
enclave
esclave
slave
scandinave
pave, dé-, re-
épave
rave, chou–, bette-
brave
grave, ag-
déprave
étrave
architrave
entrave, dés-
batave
octave

[avr]
havre
cadavre
navre
poivre

[aks]
axe, dés-
taxe, dé-, sur-
syntaxe
PACS

E

[ɛ]
est
hait
ait
haie
fouet
jouet
souhait
tramway
bluet
fluet
muet, sourd–
maillet
œillet
feuillet
billet
douillet
juillet
biais
niais
beignet
poignet
quiet, inquiet
sied, mes-, as-, ras-

[bɛ]
baie
rabais
alphabet
gibet
sorbet

[ʃɛ]
cachet
sachet
déchet
guichet
hochet
ricochet
brochet
crochet

[dɛ]
dais
dadais
cadet
farfadet
godet

[fɛ]
faix, porte–
fait, dé-, sur-,
satis-, bien-, mé-,for-,
contre-
parfait, im-
stupéfait
effet

préfet, sous–
buffet

[gɛ]
gai
gay
reggae
guet, aux aguets
muguet
longuet

[ʒɛ]
j'ai, j'aie
geai
jais
DJ
jet, re-, sur-
trajet
projet
sujet, objet
budget

[lɛ]
lai
laid
lait, petit–, caille–
ballet
balai
palais
chalet
galet
valet, che-
chapelet
bracelet
gantelet
relais
délai
filet, entre-
gilet
stylet
cabriolet
triolet
violet
collet
follet (feu)
mollet
serpolet
pistolet
volet
boulet
ourlet
reflet
sifflet
pamphlet
plaît, dé-, com-
complet, in-
couplet

[mɛ]
mais
mets, entre-
jamais
désormais
guillemet
sommet
fumet
calumet
gourmet

[nɛ]
naît, re-
benêt
cabinet
moulinet
bonnet
connais, re-, mé-
monnaie, porte–
poney
sonnet
sansonnet
harnais
carnet

[pɛ]
paix (juge de)
parapet
épais
toupet
aspect
suspect
circonspect

[plɛ]
plaie
plaît
replet

[kɛ]
laquais
jockey
baquet
paquet
tourniquet
piquet
briquet
sobriquet
ticket
hoquet
coquet
perroquet
bouquet
banquet
parquet

[rɛ]
raie
arrêt
cabaret
minaret
marais
parais
chardonneret
minerai
couperet
intérêt
forêt
tabouret
furet
craie
secret
discret, in-
décret
concret
frais
coffret
orfraie
grès
progrès
congrès
engrais
regret
cyprès
exprès
prêt, ap-
très
trait, re-

portrait
distrait
soustrait
abstrait
extrait
vrai
livret
pauvret

[sɛ]
sait
essai
décès
basset
lacet, passe–
placet
fausset
procès
abcès
accès
excès
succès, in-
doucet
gousset
français
tercet
verset
corset

[zɛ]
creuset

[vɛ]
vais
mauvais
navet
chevet
brevet
civet
duvet

[je]
cahier
joaillier
bâiller, entre-
écailler
quincaillier
poulailler
émailler
tenailler
empailler
railler
dérailler
débraillé
tailler, re-, en-
détailler
ravitailler
travailler
égayer
bégayer
balayer
délayer
ensoleiller
sommeiller, en-
payer, sur-
rayer, en-
frayer
effrayer
appareiller
oreiller
conseiller, dé-
essayer
veiller, sur-, é-, ré-
émerveiller
métayer
aboyer
flamboyer
choyer
plaidoyer
soudoyer
foyer
loyer
ployer, dé-, re-
employer
noyer
broyer
foudroyer
nettoyer
apitoyer
côtoyer
festoyer
envoyer, r-
convoyer
endeuiller
feuillée
effeuiller, défeuiller
habiller, dés-, r-
babiller
fourmiller
piller
éparpiller
gaspiller
pointillé
briller
griller
vaciller
sourciller
fusiller
pétiller
sautiller
scintiller
tortiller, dé-, en-
fouiller
mouiller
s'agenouiller
dépouiller
rouiller, dé-
verrouiller, dé-
brouiller, dé-, em-
souiller
gazouiller
écuyer
ennuyer, dés-
appuyer
essuyer, r-

[bje]
moucharabieh
gibier
colombier
barbier
herbier
bourbier
brigadier
saladier
contrebandier
amandier
brancardier
bourbier

[dje]
dédier
congédier
remédier
répudier
étudier
mendier
incendier

[fje]
se fier, se mé-,
stupé-, putré-, dé-
quali-, ampli-, simpli-,
rami-, uni-, terri-,
véri-, glori-, puri-,
sacri-, pétri-, paci-,
cruci-, falsi-, grati-,
fructi-, sancti-, certi-,
forti-, morti-, mysti-,
justi-, vivi-, con-
greffier

[ʒje]
privilégier
se réfugier

[lje]
lier, re-, dé-, en-
allier, r-, se més-
pallier
s'affilier
escalier
journalier
palier
hospitalier, in-
cavalier
chevalier
bachelier
chandelier
chapelier
atelier
hôtelier
bélier
voilier
mobilier, im-
millier
humilier
concilier, ré-
domicilier
résilier
familier
pilier
collier
écolier
gondolier
geôlier
spolier
particulier
régulier, ir-
singulier
sablier
tablier
oublier
publier
bouclier
sanglier
plier, dé-, re-
multiplier
supplier
peuplier
templier

[mje]
anémier
damier
premier
pommier
sommier
fumier
coutumier
palmier
fermier
infirmier

[nje] et [ɲe]
nier, re-, dé-
douanier
panier
printanier
gagner, re-
accompagner
éloigner
témoigner
soigner
poignée
palefrenier
grenier
baigner
daigner, dé-
peigner, dé-, re-
peigné
régner
araignée
imprégner
saigner, res-
enseigner, ren-
châtaignier
indigner
jardinier
lignée
aligner, souligner
signer, co-, con-
désigner
résigner
cuisinier
renfrogné
cogner, ren-
charbonnier
braconnier
rogner
grogner
marronnier
citronnier
prisonnier
communier, ex-
rancunier
répugner
calomnier
épargner
dernier, avant–
tavernier
éborgner

[pje]
pied, tré-
clapier
épier
guêpier
copier, re-
pompier
estropier
expier

[kje]
échiquier
boutiquier
banquier

[rje]
marier, re-
parier
salarié
contrarier
varier

poirier
guerrier
terrier, fox–
colorier
trésorier
laurier
courrier, avant–
ordurier
injurier
armurier
serrurier
couturier
aventurier
crier, s'é-, se ré-
décrier
sucrier
encrier
coudrier
calendrier
négrier
prier
approprier
exproprier
trier
s'expatrier, rapatrier
meurtrier
février
lévrier
ouvrier

[sje]
émacié
acier
échassier
glacier
carnassier
caissier
apprécier, déprécier
supplicier
huissier
officier, sous–
policier
initié
épicier
nourricier
pâtissier
justicier
associer, dissocier
grossier
se soucier
balbutier
licencié
balancier
romancier
financier
dépensier
conférencier
princier
remercier
sorcier
boursier
coursier

[zje]
rassasier
s'extasier
casier
brasier
fraisier
menuisier
cerisier
osier
rosier

[tje]
châtier
moitié
charretier
noisetier
métier
amitié, inimitié
pitié
fruitier
bénitier
héritier
bijoutier
routier
charcutier
entier
chantier
charpentier
rentier
sentier
volontiers
quartier
forestier
flibustier

[vje]
clavier
dévier
gravier
levier
olivier
envier
convier
janvier

[we]
bouée
secouer
échouer
bafouer
doué
jouer, re-
louer
nouer, dé-, re-
trouée
vouer, dé-
avouer, dés-

[ye]
huée, huer
buée
attribuer, ré-
distribuer
contribuer
saluer
évaluer
polluer
affluer, refluer, influer
remuer
nuée
dénué
atténuer
diminuer
insinuer
continuer, dis-
se ruer
tuer
habitué
situer
destituer
restituer
instituer
constituer, re-
accentué
ponctué
prostituée

[be]
abbé
scarabée
bébé
flambée
prohiber
dérober
tituber
bombé
plomber
tomber, re-
absorber, résorber
courber, re-

[ʃe]
hacher
cacher
harnacher
arracher
cracher, re-
tacher, dé-, en-
attacher, dé-, r-
cravacher
fâcher
lâcher, re-
tâcher
lécher, al-, se pour-
sécher, as-, des-
pêcher, re-
péché, pécher
dépêcher, empêcher
maraîcher
prêcher
tricher
cliché
psyché
piocher
clocher
rocher
embrocher
accrocher, dé-, r-
approcher, r-
reprocher
débaucher
embaucher
faucher
gaucher
chevaucher
boucher, dé-, re-
coucher, re-, ac-, dé-
moucher
toucher, re-
bûcher
trébucher
éplucher
plancher
pencher
trancher, re-
broncher
archer
marcher
chercher
percher
écorcher
torcher

[de]
escalader
parader
s'évader
aider, s'entr-
céder, con-
accéder
précéder, succéder
décéder
procéder
intercéder
excéder
posséder, dé-
obséder
guider
rider, dé-
brider, dé-
décider
élucider
résider
présider
démodé
broder
rôder
frauder
dénuder
appréhender
bander, dé-, re-
demander, re-
commander, dé-
vagabonder
féconder
fonder
inonder
dévergondé
gronder
poignarder
bombarder
garder, sauve-, re-
tarder, re-, s'at-
bavarder
border, dé-, a-
accorder, dés-, r-

[fe]
café (pause)
autodafé
griffer
assoiffé
coiffer, dé-, re-
chauffer, é-, ré-, sur-
étouffer
triompher

[ge]
léguer, dé-, re-
fatiguer
naviguer
voguer
subjuguer
distinguer
narguer

[ʒe]
âgé
voyager
saccager
nager
déménager
rager, en-
passager
messager
partager, dé-
ravager
léger
neiger
abréger
protéger
obliger
négliger
ériger
diriger
corriger, re-
exiger

transiger
voltiger
horloger
interroger
juger, ad-, pré-
changer, é-, re-
danger
mélanger
boulanger
manger, dé-
ranger, ar-, dé-
oranger
étranger
venger
plonger, re-
songer, men-
charger, dé-, re-, sur-
berger
émerger, im-, sub-
verger
égorger
insurgé

[le]
Tous les verbes en -ler
salé, des-
étoilé
barbelé
modelé
pelé
scellé
narghilé
exilé
blé
doublé, dé-, re-
tremblé
clé
musclé

[me]
Tous les verbes en -mer
affamé
aimé, bien–
sublimé
animé, in-
parfumé
résumé
rythmé

[ne]
Tous les verbes en -ner
né
nez
damné, con-
instantané
spontané
prenez
forcené
déjeuner
aîné
aliéné
déchaîné
gêné
peiné
dîner
bande dessinée
raffiné
illuminé
halluciné
destiné, pré-
obstiné
passionné
raisonné
fortuné
acharné
décharné
cerné
mort-né
tourné, dé-, con-

[pe]
Tous les verbes en -per
échappé
canapé
frappé
fripé
dissipé
anticipé
émancipé
éclopé
coupé, entre-
huppé
occupé, pré-, in-, dés-
campé
trempé
inculpé
escarpé

[ke]
Tous les verbes en -quer
plaqué
appliqué, in-
compliqué, inex-
éduqué
efflanqué
manqué
tronqué
débarqué
marqué, re-
casqué
masqué
musqué

[re]
Tous les verbes en -rer
ré
carré
effaré
égaré
bigarré
déclaré
paré
séparé
comparé
taré
moiré
liseré
prieuré
écœuré
maniéré
arriéré
libéré, dé-, indé-
fédéré, con-
considéré, dé-, in-
modéré, im-
pondéré
préféré
pestiféré
exagéré
éclairé
tempéré, in-
espéré, in-, dés-
serré, res-
acéré
ulcéré
éthéré
invétéré

altéré, in-
avéré
inspiré
désiré
tiré, retiré
ignoré
décoré
doré, mor-
coloré, dé-
éploré
inexploré
timoré
évaporé
fourré
ajouré
enamouré
curé
figuré
juré, con-
déluré
assuré
tonsuré
azuré
mesuré, dé-
prématuré
dénaturé
délabré
zébré
vertébré, in-
équilibré, dés-
ambré
cambré
membré, dé-
timbré
marbré
nacré
sacré
sucré
madré
cendré
balafré
chiffré
camphré
degré
émigré
tigré
pré
diapré
beaupré
pourpré, em-
lettré, il-
pénétré
titré, at-
filtré
concentré
outré
désœuvré
cuivré

[se]
Tous les verbes en -cer et en -ser
glacé
déplacé
damassé
compassé
embarrassé
cuirassé
tracé
cassé
déclassé
ramassé
passé, tré-
angoissé
surbaissé
encaissé
blessé
intéressé, dés-
pressé, em-
policé
épicé
hérissé
fossé
repoussé
troussé, re-
fiancé
cadencé
offensé
lancé, é-
décontenancé
censé
sensé, in-
avancé
pincé
foncé
énoncé, prononcé
froncé
vexé
percé
exercé, in-
versé, ren-, contro-
forcé, ren-
déboursé

[ze]
blasé
écrasé
évasé
boisé
croisé, chassé–
empesé
aisé, malaisé
aiguisé
épuisé
alizés
démoralisé
fleurdelisé
civilisé, in-
organisé
irisé
autorisé
brisé
frisé
avisé, mal-
divisé
osé
posé, op-, sup-, im-, pré-, ex-, indis-
composé, dé-
rosé, coupe-
usé
désabusé
accusé
rusé
chimpanzé
bronzé

[te]
Tous les verbes en -ter
thé
frelaté
bâté
gâté
démâté
pâté, empâté
karaté
pailleté

tacheté
moucheté
colleté, dé-
déchiqueté
marqueté
breveté
Tous les noms féminins en -eté
été
piété, im-
ébriété, sobriété
propriété, im-
satiété
société
anxiété
hébété
gaieté
répété
arrêté
apprêté
traité
entêté
habité, in-
prémédité
discrédité
agité
limité, il-
comité
dépité
précipité
mérité, im-
irrité
abrité, in-
bénédicité
usité, in-
invité
Tous les noms féminins en -ité
botté, au dé-
coté
crotté
cruauté
loyauté, dé-
royauté, vice–
beauté
primauté
communauté
papauté
principauté
amirauté, vice–
sauté
biseauté
prévôté
privauté
nouveauté
redouté
dégoûté
velouté
voûté
persécuté
futé
flûté
député
réputé
désorienté
enchanté
accidenté
argenté, dés-
pimenté
expérimenté, in-
tourmenté
fréquenté, in-
parenté
santé
vanté
éventé
désappointé
chrétienté
teinté
éhonté
bonté
comté, vi-
indompté
volonté
monté, dé-
effronté
emprunté
lacté
contracté
affecté
injecté
exalté
révolté
faculté
difficulté
excepté
volupté
écarté
clarté
aparté
fierté
liberté
puberté
concerté, dé-
porté, dé-, em-, trans-
majesté, lèse–
empesté
contesté, in-
assisté
vétuste

[ve]
Tous les verbes en -ver
avé
lavé, dé-
pavé
dépravé
achevé, in-
levé, re-, é-
névé
dérivé
privé
cultivé
réprouvé
trouvé
réservé

[ɛb]
éphèbe
glèbe
plèbe
web

[ɛbl]
faible

[ɛbr]
algèbre
célèbre
funèbre
ténèbres

vertèbre
zèbre

[ɛk]
bec, avant–, gros–, blanc–
ouzbek, uzbek
cheik
échec
salamalec
kopeck
varech
break
grec
mec
sec
tek
steak
bifteck
avec

[ɛʃ]
pêche
pimbêche
lèche, se pour-
allèche
calèche
flèche
mèche, flam-
pêche
repêche, em-, dé-
rêche
brèche, ébrèche
fraîche
crêche
sèche
seiche
revêche

[ɛkt]
infect
abject
select
intellect
direct, in-
correct, in-
affecte, dés-
infecte, dés-
injecte
objecte
dialecte
se délecte
collecte
humecte
respecte
suspecte
inspecte
circonspecte
secte
insecte
architecte

[ɛktr]
spectre

[ɛd]
aide
tiède
laide
plaide
remède
intermède
bipède, quadrupède
vélocipède
raide
cède
possède, dé-
obsède

[ɛdr]
cèdre

[ɛf] et [jɛf]
fief
relief, bas–
grief
S-F
chef, sous–, couvre–
derechef
nef, aéro-
bref
greffe

[ɛfl]
nèfle
trèfle

[ɛʒ]
liège
piège
siège, as-
beige
allège
florilège
sacrilège
sortilège
privilège
collège
neige
manège
arpège
abrège
agrège, dés-
stratège
protège
cortège

[ɛgl]
aigle
espiègle
règle
seigle

[ɛgm]
flegme

[ɛgn]
baigne
daigne, dé-
peigne, dé-, re-
règne
musaraigne
imprègne
saigne, res-
enseigne, r-, porte–
teigne
châtaigne

[ɛgr]
aigre
allègre
maigre
nègre
vinaigre
intègre, ré-

[ɛg]
bègue
lègue, re-, al-, dé-
collègue

[ɛj]
vieil
soleil
sommeil
vermeil
pareil, non-
appareil
conseil (grand)
orteil
éveil, r-
vieille
abeille
corbeille
ensoleille
sommeille, en-
vermeil
corneille
appareille
salsepareille
oreille, perce–
treille
conseille, dé-
oseille
groseille
bouteille, vide–
veille, avant–, sur-,
é-, ré-
merveille, é-

[ɛl]
réel
Noël (Père)
Féminin des adj. en -el
elle
ale
aile
hèle
écuelle
ruelle
truelle

[ɥɛl]
duel
annuel
manuel
cruel
sensuel
habituel
rituel
spirituel
mutuel
sexuel, bi-, homo-,
hétéro-

[jɛl]
matériel, im-
industriel
ciel, arc-en-ciel
officiel
confidentiel
artificiel
superficiel
providentiel
pestilentiel
torrentiel
essentiel
substantiel, con-
partiel
logiciel
didacticiel
fiel
miel (lune de)
pluriel
kyrielle
vielle
voyelle

[mɛl]
e-mail
caramel
hydromel
formel
mêle, dé-, em-,
entre-, pêle–
chamelle
gamelle
mamelle
femelle
semelle
jumelle
formel

[nɛl]
solennel
originel
criminel
passionnel
rationnel, ir-
personnel, im-
colonel
tunnel
charnel
maternel
paternel
fraternel, con-
éternel, sempiternel
cannelle
flanelle
polichinelle
coccinelle
sentinelle
tonnelle
prunelle
ritournelle

[pɛl]
appel, r-, contre–
archipel
scalpel
gospel
pèle
pelle
appelle, r-
chapelle
épèle

[kɛl]
nickel
quel, le-
quelle, la-
séquelle

[rɛl]
temporel, a-, in-
corporel, in-
naturel, sur-
ménestrel

[sɛl]
sel
recel
missel
universel
carrousel
pixel

[tɛl]
autel
hôtel (maître d')

cocktail
accidentel
cartel
mortel, im-
castel
pastel
attelle
bagatelle
bretelle
tutelle
dentelle
sacramentel
tarentelle
écartèle
martèle
mortelle
immortelle
stèle
constelle

[bɛl]
belle
bêle
gabelle
rebelle

[ʃɛl]
échelle

[dɛl]
citadelle
à tire-d'aile
fidèle, in-
haridelle
asphodèle
modèle
chandelle
rondelle
hirondelle

[fɛl]
fêle

[ʒɛl]
gèle, dé-, con-
flagelle
margelle

[lɛl]
parallèle

[rɛl]
aquarelle
querelle
passerelle
chanterelle
sauterelle
tourterelle
tourelle
ombrelle
frêle
grêle

[sɛl]
celle
nacelle
aisselle
crécelle
vaisselle
ficelle
vermicelle
pucelle
balancelle
jouvencelle
violoncelle
étincelle
parcelle
universelle

[zɛl]
zèle
gazelle
demoiselle, ma-
cisèle

[vɛl]
javelle
caravelle
révèle
nivelle, dé-
manivelle
nouvelle, re-
cervelle

[ɛm]
aime
requiem
bohême
poème
deuxième, énième
centième, millième
quantième, tantième
diadème
blasphème
gemme
stratagème
dilemme
blême
problème
emblème
harem
carême, mi–
théorème
crème
chrême
suprême
extrême
sème, res-, par-
essaime
thème
baptême
anathème
chrysanthème
système

[ɛn]
éden
pollen
amen
cyclamen
hymen
spécimen
abdomen
dolmen
haine
géhenne
ADN
troène

[jɛn]
hyène
hygiène
éolienne
chienne
méridienne
indienne
gardienne
tyrolienne
paroissienne
ancienne
persienne
chrétienne
antienne
plébéienne

moyenne
citoyenne, con-

[bɛn]
benne
ébène
aubaine
urbaine

[ʃɛn]
chêne
chaîne, en-, ren-
prochaine

[dɛn]
bedaine
fredaine
soudaine
mondaine

[gɛn]
gaine, dé-, ren-

[ʒɛn]
gêne, sans–
indigène, aborigène
homogène
hétérogène
hydrogène, oxygène
halogène

[lɛn]
laine, tire–
alène
haleine
baleine
phalène
porcelaine
châtelaine
madrilène
vilaine
marjolaine
plaine
pleine

[mɛn]
mène
semaine
domaine
phénomène
romaine
humaine, in-, sur-
énergumène

[nɛn]
naine

[pɛn]
pêne
penne
peine

[rɛn]
rêne
renne
reine
arène
carène
marraine
rassérène
suzeraine
souveraine
sirène
polystyrène
murène
refrène
graine, égrène
migraine
gangrène
prenne
traîne, en-
étrenne

[sɛn]
saine, mal-
assène
mécène
obscène
dizaine, douzaine
larsen

[tɛn]
huitaine, vingtaine
mitaine
croquemitaine
capitaine
antenne
fontaine

[vɛn]
veine, dé-
verveine

[ɛp]
cêpe
guêpe
crêpe
steppe

[ɛpt]
adepte
inepte
précepte
accepte
excepte
intercepte

[ɛk]
chèque
tchèque
grecque
dissèque
obsèques
métèque
bibliothèque
hypothèque
pastèque
évêque, archevêque

[ɛr]
air
hier, avant–
fier
quiers, ac-, re-, con-, s'en-
tiers
cuiller

[ʃɛr]
cher
chair

[fɛr]
fer, mâche-
enfer
offert
souffert
transfert

[kɛr]
cocker
docker
joker
poker

[lɛr]
l'air
clair
éclair
clerc, maître–
flair

[mɛr]
mer
amer

[pɛr]
pair, im-
pers
perd
expert

[sɛr] et [zɛr]
sert, res-
dessert
cerfs
cancer
concert (de)
désert
disert

[tɛr]
taire
terre (par), pied-à–,
at-, en-, dé-
célibataire
locataire, co-, sous–
cratère
mousquetaire
propriétaire, co-
sociétaire
délétère
prolétaire
secrétaire, sous–
dignitaire
presbytère
militaire
dépositaire
notaire
parlementaire
commentaire
panthère
inventaire
volontaire, in-
caractère
réfractaire
sectaire
altère, dés-
adultère
hélicoptère
coléoptère
artère
stère
monastère
mystère
ministère
phalanstère
pater
éther
Jupiter
reporter
austère

[vɛr]
vers
vert
travers
revers
univers
envers
divers
convers
pervers
hiver
pivert
ouvert, r-, entr-
couvert (à), re-, dé-
revolver
verre
s'avère
primevère
révère
sévère
persévère
ovaire
trouvère
calvaire

[ɛrb]
herbe, dés-
imberbe
superbe
acerbe
verbe
proverbe

[ɛrʃ]
cherche
perche

[ɛrkl]
cercle, dé-, re-
couvercle

[ɛrd]
perde

[ɛr]

Tous les infinitifs et adjectifs en -aire
Forme féminine des noms et adjectifs en -er (r muet)
ère
hère
erre (à grand)
aire
nucléaire
annuaire
suaire
ossuaire
statuaire
sanctuaire
somptuaire
mortuaire
estuaire

[jɛr]
poudrière
prière
bestiaire
vestiaire
bière
chaudière
lierre
salière
chevalière
muselière
filière
fourmilière
volière
chaumière
lumière
fermière
bannière
lanière
manière
tanière
crinière
charnière
ornière

pierre
rapière
paupière
soupière
arrière, derrière
barrière
carrière
clairière
glacière
souricière
croisière
lisière
rizière
visière
tabatière
matière
cafetière
cimetière
litière
gouttière
frontière
portière
bréviaire
rivière
civière
théière
bruyère
crémaillère
œillère
cuillère

[bɛr]
libère, dé-
pubère
réverbère

[kɛr]
équerre
calcaire

[ʃɛr]
chaire
jachère
cochère (porte)
enchère, sur-

[dɛr]
débarcadère
embarcadère
madère
hebdomadaire
dromadaire
lampadaire
belvédère
considère, dé-
modère

[fɛr]
faire, dé-, re-,
contre-, sur-, satis-
affaire, savoir–
préfère
diffère
profère
mammifère
sphère, atmo-,
hémi-, plani-

[gɛr]
guère, na-
guerre
vulgaire

[ʒɛr]
gère
ingère, digère
exagère
étagère
mégère
fougère
suggère

[lɛr]
galère
salaire
accélère
capillaire
colère
étoile Polaire
solaire
tolère
vocabulaire
oculaire
circulaire
angulaire, tri-, rect-
claire
flaire
plaire, dé-, com-
exemplaire

[mɛr]
commère
maire
amère, douce–
grammaire
éphémère
chimère
primaire
sommaire
énumère

[nɛr]
mercenaire
centenaire
partenaire
quadragénaire
dégénère
congénère
vénère
ordinaire, extra-
imaginaire
sanguinaire
préliminaire
séminaire
vétérinaire
légionnaire
millionnaire
missionnaire
dictionnaire
fonctionnaire
tortionnaire
visionnaire
tonnerre, para-
rémunère

[pɛr]
compère
pair, im-
repère
vipère
opère, co-
récupère
vitupère
ampère
tempère
exaspère
espère, dés-
prospère

[rɛr]
itinéraire
honoraire
braire
libraire
frère (faux), beau–
agraire
distraire

soustraire
arbitraire
contraire

[sɛr]
serre, res-, en-, des-
lacère
nécessaire
émissaire (bouc)
commissaire
viscère
faussaire
sincère
insère
ulcère
incarcère
adversaire
anniversaire
corsaire
misère, cache–
blazer

[ɛrʒ]
cierge
concierge
Vierge (Sainte)
berge
héberge
auberge
flamberge
émerge, immerge
submerge
asperge
verge
diverge, converge

[ɛrl]
déferle
merle
perle (gris), em-

[ɛrm]
derme, épi-, pachy-
ferme, re-, en-, ren-
germe
terme

[ɛrn]
berne
moderne
falerne
cerne
décerne
discerne
concerne
caserne
luzerne
terne
citerne
poterne
sauternes
lanterne
interne
externe
alterne, sub-
prosterne
consterne
caverne
taverne
baliverne
gouverne

[ɛrs]
herse
tierce
berce
gerce
commerce
perce (mettre en), trans-
Perse
disperse
exerce
verse (à), re-, dé-, ren-, trans-
averse
bouleverse
tergiverse
converse
controverse
traverse
inverse
diverse
adverse
perverse

[ɛrt]
alerte
inerte
perte
certes
desserte
disserte
concerte, dé-
déserte
couverte, dé-

[ɛrv]
nerve, in-, é-
minerve
serve, res-, des-
conserve
observe
réserve
préserve
verve

[ɛs]
aloès
cacatoès
palmarès
xérès
express

[ɛz]
aise
dièse
niaise
marseillaise
baise
obèse
chaise
fadaise
lèse
falaise
malaise
mélèze
glaise
anglaise
plaise, dé-, com-
cimaise
genèse
mayonnaise
polonaise
punaise
fournaise
pèse, re-, sou-
apaise
trapèze
braise
fraise
treize
seize
française
diocèse
écossaise

taise
thèse, anti-, hypo-, paren-, syn-
mauvaise

[ɛsk]
Tous les adjectifs en -esque
arabesque
burlesque
pittoresque
fresque
presque
gigantesque
grotesque

[ɛs]
est-ce, qu'est-ce ?
déesse
prouesse
hardiesse
liesse
joliesse
nièce
pièce, ra-, emporte–
vieillesse
gentillesse
baisse, a-, ra-
abbesse
bouillabaisse
caisse, en-
richesse
duchesse, archi-
rudesse
fesse
affaisse
professe
confesse
sagesse
largesse
laisse, dé-
mollesse
drôlesse
blesse
diablesse
faiblesse
noblesse
souplesse
messe, grand–
promesse
kermesse
naisse, re-
jeunesse
aînesse (droit d')
finesse
connaisse, re-, mé-
paisse, re-
épaisse
dépèce
espèce

[rɛs]
caresse
paresse
paraisse, ap-, re-, com-, dis-
pécheresse
sécheresse
vengeresse
enchanteresse
forteresse
intéresse, dés-
dresse, re-
adresse, mal-
tendresse
graisse, dé-, en-
allégresse
négresse
tigresse
progresse
transgresse
presse, com-
oppresse
s'empresse
expresse
tresse, dé-
détresse
maîtresse
prêtresse
traîtresse
ivresse
pauvresse

[sɛs]
cesse (sans)
bassesse
grossesse
princesse

[tɛs]
délicatesse, in-
politesse, im-
petitesse
vitesse
hôtesse
comtesse, vi-
altesse
tristesse
robustesse
justesse

[ɛst]
est
ouest
lest
sieste
modeste, im-
manifeste
infeste
geste
indigeste
leste, dé-
céleste
moleste
admoneste
funeste
peste, em-
reste (au, du)
agreste
preste
inceste
palimpseste
zeste
teste, at-
déteste
proteste
conteste (sans)
veste

[ɛstr]
équestre
pédestre
trimestre, semestre
webmestre
alpestre
séquestre
orchestre, ré-
terrestre, extra-
sylvestre

[ɛt]
êtes
poète

fait
net
internet
sept

[wɛt]
chouette
fouette
alouette
silhouette
mouette
girouette
pirouette
brouette
souhaite

[yɛt]
bluette
fluette
muette, sourde–
statuette
cacahuète

[jɛt]
diète
oubliettes
miette, é-
empiète
inquiète
assiette, pique–
mauviette
serviette
paillette
cueillette
aiguillette
fillette
douillette
andouillette

[bɛt]
bête, em-
diabète
courbette

[ʃɛt]
achète
hachette
cachète, dé-, re-
cachette
clochette
brochette
couchette
planchette
manchette
fourchette

[dɛt]
dette, en-
cadette
vedette

[fɛt]
faite, dé-
entrefaites
estafette
fête, trouble–
prophète

[gɛt]
guette
baguette
braguette
goguette
languette

[ʒɛt]
jette, re-, pro-
exégète
gadget

[lɛt]
allaite
arbalète
galette
palette
toilette
voilette
belette
bandelette
squelette
violette
boulette
roulette
athlète
tablette
bicyclette
motocyclette
reflète
soufflette
à l'aveuglette
emplette
complète, in-

[mɛt]
mette
comète
pommette
allumette
gourmette

[nɛt]
net
planète
pichenette
proxénète
clarinette
serinette
devinette
honnête, mal-
marionnette
baïonnette
sonnette
chansonnette
maisonnette
lunette
sornette

[pɛt]
répète
tempête
trompette
serpette

[kɛt]
quête (en), re-,
con-, en-
jaquette
plaquette
maquette
raquette
étiquette
coquette
banquette
skate
casquette

[rɛt]
arête
arrête
barrette
charrette
cigarette
pâquerette
fleurette
amourette

furète
soubrette
chambrette
crête, é-
secrète
discrète
décrète
regrette
aigrette
prête
interprète
traite, re-, mal-
distraite
abstraite
chevrette
levrette

[sɛt]
ascète
cassette, vidéo-
facette
recette
fossette
chaussette
sucette
pincette

[zɛt]
gazette
noisette,
casse-noisettes
disette
anisette
musette

[tɛt]
tête (en), en–, é-,
casse–, serre–, tête-à–

[vɛt]
vête, re-, dé-
bavette
navette
crevette
fauvette
buvette
cuvette

[ɛtr]
être, bien–, peut–
hêtre
piètre
guêtre
lettre, belles-lettres
mètre, dia-, péri-, géo-,
chrono-, thermo-,
baro-
mettre, re-, s'entre-,
o-, é-, com-, dé-, pro-,
per-, ad-, sou-, trans-
maître, contre-,
quartier–
naître, re-
fenêtre, porte–
pénètre
connaître, re-, mé-
paître, se re-
dépêtre, empêtre
champêtre, garde–
salpêtre
paraître, re-, com-,
ap-, dis-
prêtre
traître
ancêtre

[ø]

Tous les adjectifs en -eux
aïeux, bis-, tris-
dieu, demi–, prie-Dieu
adieu (dernier)
pardieu, tudieu
lieu, non–, chef–
lieue, ban-
milieu
mieux (tant)
pieu
épieu
cieux
religieux
curieux
silencieux
anxieux
envieux
essieu
messieurs, monsieur
vieux
yeux
bœufs
deux
feu
gueux
jeu, en-
bleu, bas–, cordon–
parbleu, mor-
pleut
meut, é-
nœud
peu
peux, peut
(sauve-qui–)
queue
eux
amoureux
hébreu
creux
lépreux
ceux
vœu
veux, veut
aveu, dés-
cheveu
neveu
nerveux
morveux

[œf]
bluff
œuf
bœuf, œil-de–
meuf
neuf, pont Neuf
veuf

[œgl]
beugle
meugle
aveugle, dés-

[œj]
œil, clin d'-
cueille, ac-, re-
accueil, recueil
écueil
cercueil
deuil, demi–
feuille, ef-, mille–,
chèvre-, porte-
orgueil
écureuil
treuil
chevreuil
bouvreuil

seuil
fauteuil
veuille

[œl]
aïeul, bis-, tris-
glaïeul
filleul
tilleul
épagneul
gueule, en-, dé-
seul
linceul
veule

[œn]
jeune

[œpl]
peuple, dé-, re-

[œr]
Tous les noms masculins en -eur
bonheur, malheur
heure, demi–
heurt
joueur
loueur
lueur
sueur
tueur
meilleur
inférieur, supérieur
antérieur, postérieur
ultérieur
intérieur, extérieur
sieur
plusieurs
ailleurs, d'-
flyer
gouailleur
railleur
tailleur
batailleur
travailleur
fossoyeur
voyeur, con-, pour-
balayeur
monnayeur (faux)
payeur
frayeur
meilleur
veilleur
pilleur
torpilleur
artilleur
baigneur
seigneur, mon-
beur
beurre
pêcheur, martin–
fraîcheur
blancheur
fadeur
froideur
tiédeur
laideur
raideur
odeur
pudeur, im-
candeur
splendeur
grandeur
profondeur
rondeur
ardeur
verdeur
rigueur
vigueur
langueur
longueur
majeur
rougeur
largeur
leur
leurre
chaleur
valeur
pâleur
racoleur
couleur
douleur, souffre–
fleur, chou–
fleure, af-, ef-
pleure, pleurs
ampleur
meurs, meurt
mœurs
demeure
clameur
primeur
humeur
rumeur
tumeur
teneur
mineur
honneur, dés-
bonheur, porte–
peur
vapeur
stupeur
torpeur
cœur, haut-le–,
crève–, accroche–,
ran-, à contre-
écœure
chœur (en)
liqueur
bookmaker
bunker
rocker
shaker
speaker
stockeur
supertanker
tanker
marqueur
pleureur (saule)
erreur
terreur
horreur
fureur
aigreur
maigreur
sœur
sir
épaisseur
grosseur
douceur
rousseur
minceur
noirceur
équateur
moiteur
hauteur
lenteur
senteur
pesanteur
faveur, dé-
driver
saveur
ferveur
freezer

[øz]
Forme féminine des noms et adjectifs en -eux et en -eur
mitrailleuse
veilleuse
baigneuse
accoucheuse
coiffeuse
voleuse
nébuleuse
parfumeuse
dormeuse
glaneuse
moissonneuse
empoisonneuse
tubéreuse
creuse
ouvreuse
danseuse
berceuse
strip-teaseuse
chanteuse
menteuse
laveuse
couveuse

[øt]
meute, é-, a-

[øtr]
feutre
calfeutre
neutre
pleutre

[œv]
fleuve
pleuve
meuve, é-
neuve
abreuve
preuve, é-
veuve

[œvr]
œuvre, chef-d'-,
main-d'-, hors-d'-
manœuvre
désœuvre
pieuvre
couleuvre

[ɛv]
achève, par-
fève
lève, en-, pré-, sou-,
re-, é-, suré-
glaive
rêve
brève
crève
grève, dé-
trêve
sève

[ɛvr]
fièvre
lièvre, bec-de–
mièvre
genièvre
chèvre
orfèvre
lèvre
sèvre

[ɛks]
index (mettre à l')
silex
codex
réflexe
circonflexe
complexe
perplexe
annexe, connexe
sexe
vexe
convexe

[ɛkt]
texte, con-, pré-

[ɛktr]
dextre, ambi-

I

[wi]
oui
inouï
réjoui

[ei]
abbaye
pays

[ji]
bouillie
failli
taillis
treillis
fouillis

[ɥi]
buis
cuit, re-
biscuit
circuit
traduit
séduit
induit
introduit
conduit, é-, re-, sauf–
réduit
produit, re-
aujourd'hui
fuit, s'en-
lui, celui
puis, de-
puits
pluie, para-
nuit, belle-de–, mi-
ennui
appui
bruit
fruit
truie
détruit

instruit
construit, re-
autrui
suit, pour-
gratuit
étui
fortuit

[bi]
habit
brebis
débit
alibi
rubis
subit

[ʃi]
hachis
gâchis
réfléchi, ir-
enrichi
affranchi
anarchie
oligarchie
monarchie
taïchi
sushi

[di]
radis
paradis
taudis
dit, contre-, dé-,
re-, mé-, pré-, iné-, sus-
maudit
interdit
crédit, dis-
midi, après–
étourdi
bandit
dandy
rebondi
lundi, mardi
hardi
dégourdi
étourdi
maladie
tragédie
comédie
encyclopédie
perfidie
mélodie
parodie
psalmodie
incendie

[fi]
défi
profit
confit
soufi
géographie
photographie
crucifix

[gi]
gui

[ʒi]
magie
élégie
stratégie
effigie
vigie
démagogie
Tous les noms en -logie
logis
bougie
réfugie
nostalgie
léthargie
énergie
orgie
métallurgie
chirurgie
liturgie

[ki]
acquit
maquis
croquis
marquis
ski, télé-, mono-
exquis

[li]
pissenlit
lit, re-, é-, réé-
pâli
délit
joli
poli, im-
patchouli
lapis-lazuli
établi
oubli
conflit
pli, re-, rem-
accompli
anomalie
embellie
mélancolie
folie
poulie
torticolis
éboulis
roulis
panoplie

[mi]
mis
demi
parmi
ami, ennemi
bigamie, monogamie
polygamie
tamis
tatami
épidémie
chimie, al-
commis
promis, com-
soumis, in-
permis
hormis
semis
momie
économie
astronomie
endormi, r-
fourmi
origami

[ni]
nid
banni
compagnie
nie, re-, dé-
manie
tyrannie
zizanie
béni, bénit
génie, s'in-
schizophrénie
fini, in-, dé-, indé-
uni
fourni
symphonie
cosmogonie
agonie
colonie
cérémonie
harmonie
ironie
calomnie
insomnie
vernis
OVNI

[pi]
pis (tant)
api (pomme d')
tapis
épi
dépit
képi
répit
décrépit
hippie
copie
utopie
toupie

[ri]
mari
canari
pari
charivari
otarie
avarie
plaidoirie
soierie
voirie
artillerie
boucherie
supercherie
broderie
étourderie
ménagerie
sauvagerie
bergerie
galerie
cavalerie
chevalerie
sorcellerie
hôtellerie
parfumerie
bouffonnerie
sonnerie
duperie
tromperie
moquerie
bizarrerie
sucrerie
brasserie
tapisserie
pâtisserie
fleuri, dé-, re-
chéri, ren-
péri
bactérie
pilori
hara kiri
favori
souris
pourri, pot–
bistouri
tri
ahuri
jury
injurie
abri
colibri
nombril
cri
écrit, d-
manuscrit
proscrit
conscrit
sanscrit
attendri
rabougri
esprit
flétri
meurtri

[si]
ci, ceci, celui-ci
ici, voici, revoici
récit
rétréci
adouci, r-
souci
roussi
réussi
farci
persil
raccourci
sourcil
durci, en-
scie
acrobatie
diplomatie
pharmacie
démocratie
aristocratie
prophétie
superficie
chiromancie
épilepsie
catalepsie
autopsie
éclaircie
inertie
galaxie
taxi
asphyxie

[zi]
nazi
choisi
moisi, cra-
saisi, des-, res-
fusil
transi
s'extasie
bourgeoisie
poésie

frénésie
hérésie
fantaisie
paralysie
hypocrisie
jalousie

[ti]
petit, gagne–
confetti
appétit
ouistiti
loti (bien, mal)
rôti
outil
gentil
démenti
nanti
garanti
apprenti
parti
averti
converti
travesti
sympathie
garantie
partie, contre-
ortie
sortie
modestie, im-

[vi]
vie, eau-de–, sur-
ravi
suivi, pour-
assouvi, in-
envie
convie
servi, des-, res-

[ib]
prohibe
exhibe
imbibe
bribe
scribe
diatribe

[ibl]
Tous les adjectifs en -ible
bible
crible
cible

[ibr]
fibre
libre
calibre
félibre
équilibre
vibre

[ik]
alambic
basilic
public
arsenic
pic
porc-épic
aspic
tic
mastic
pronostic, diagnostic
Tous les adjectifs en -ique
mosaïque
bique
héraldique
revendique
indique
graphique, choré-, géo-
trafique
logique
psychédélique
république
applique
réplique
explique
implique
complique
atomique
polémique
panique
botanique
harmonique
chronique
fornique
pique
numérique
tropique
brique
fabrique
rubrique
crique
trique
psychiatrique
jurassique
physique, méta-
musique
mathématique
informatique
génétique
pratique
esthétique
politique
critique
narcotique
gothique
boutique, arrière–
plastique
fantastique
mystique
moustique

[iʃ]
biche, pied-de–
chiche
haschich
fiche, contre-
affiche
niche
riche
friche, dé-
triche
fétiche
potiche
postiche
derviche

[ikl]
cycle, hémi-
article

[ikt]
verdict
strict

district
dicte, é-

[id]
caïd
celluloïd
androïde
lied
néréide
fluide
druide
morbide
candide
splendide
sordide
sylphide
perfide
guide
liquide

[sid] et [zid]
acide
placide
décide
suicide
homicide, fratricide
lucide, trans-
élucide
coïncide
subside
réside
préside

[ʒid]
rigide

[lid]
chrysalide
valide, in-
bolide
solide, con-

[mid]
pyramide
timide
humide

[pid]
dilapide
rapide
insipide
intrépide
cupide
stupide
limpide

[rid]
aride
torride
bride, dé-, hy-
putride

[vid]
vide, é-, dé-
avide
livide

[idr]
hydre
cidre

[if]
Tous les adjectifs en -if
juif
esquif
canif
tarif
négatif
préservatif
fugitif
primitif
définitif
positif
motif
leitmotiv
actif, radio-,
rétro-
objectif
collectif
captif
vif
calife
hiéroglyphe
apocryphe
griffe

[ifl]
gifle
renifle
siffle
persifle

[ifr]
chiffre
fifre
empiffre

[iʒ]
prodige
tige
litige
voltige
vertige
prestige
vestige

[iɲ]
digne, in-
ligne, recti-
signe
insigne
consigne
cygne
vigne

[igr]
bigre
émigre
immigre
dénigre
tigre

[ig]
digue
prodigue
figue
ligue
intrigue
fatigue
navigue

[il]
cil
fil, pro-
puéril
péril
viril
nombril

gril
avril
exil
volatil
est-il, dit-il
subtil
civil, in-
huile
tuile
bile
habile, mal-
débile
mobile, im-, auto-
jubile
idylle
crocodile
file, af-, ef-, en-
se profile
Tous les noms
et adjectifs en -phile
agile
fragile
vigile
évangile
argile
mille
assimile
sénile
juvénile
pile
tranquille
presqu'île
stérile
fébrile
facile, difficile
gracile
imbécile
domicile
oscille
docile, in-
fossile
asile
exile
utile, in-
projectile
reptile
fertile, in-
style
hostile
ville

[ij]
aiguille
bille
brindille
fille, petite–
famille
vanille
chenille
torpille
pupille
béquille
coquille
jonquille
gorille
espadrille
grille
vrille
vacille
résille (bas)
gentille
pastille
cheville

[iltr]
filtre
philtre

[im]
abîme
gym
régime
lime, s'é-
sublime
anime, r-
unanime
envenime, dés-
pseudonyme,
anonyme, synonyme
rime
crime
prime, ré-, dé-,
op-, sup-
imprime, ré-
comprime
exprime
maritime
centime
intime
victime
ultime
estime, sous–, més-

[ɛ̃]
juin
Tous les adjectifs
en -en et en -ien
bien, com-
chien
méridien
chirurgien
lien
magicien
musicien
doyen
moyen
citoyen, con-
gardien (ange)
mien, tien, sien
rien, vau-
ancien
entretien
soutien
chrétien
viens

[bɛ̃]
bain
rabbin
carabin
jacobin
chérubin
bambin
urbain, sub-

[ʃɛ̃]
prochain

[dɛ̃]
daim
gradin
citadin
dédain
anodin
soudain
mondain

jardin
gourdin

[fɛ̃]
faim
feint
dauphin

[gɛ̃]
gain, re-
béguin
sanguin, con-

[ʒɛ̃]
geint
engin
vagin

[lɛ̃]
malin
câlin
orphelin
patelin
félin
vilain
moulin
masculin
déclin
enclin
plein, trop–
plaint
tremplin

[mɛ̃]
main
gamin
examen
chemin, avant–
parchemin
demain, après–,
len-, surlen-
romain
humain, in-, sur-
cumin
jasmin

[nɛ̃]
nain
venin
bénin
féminin

[pɛ̃]
pin, sa-
pain, gagne–, masse-
peint, dé-, re-
lapin
grappin
calepin
pépin
alpin, cis-, trans-
escarpin

[kɛ̃]
mannequin
requin
républicain, anti-
américain
africain
mexicain
coquin
maroquin
bouquin
palanquin
mesquin

[rɛ̃]
rein
mandarin
marin, sous–
romarin
parrain
pèlerin
serin
serein
riverain
terrain
souterrain
forain
lorrain
contemporain
tambourin
brin
crin
craint
écrin
alexandrin
frein
refrain
enfreint
grain
chagrin
empreint
train, boute-en–
entrain
quatrain
pétrin
contraint
étreint, as-, res-

[sɛ̃]
sain, mal-
saint, sacro–
sein
bassin
marcassin
spadassin
assassin
médecin
clavecin
essaim
dessein (à)
dessin
coussin
poussin
vaccin
oursin

[ʒɛ̃]
magasin
voisin
raisin
cousin
fusain

[tɛ̃]
tain
thym
teint, dé-
atteint
latin
matin, réveille–
patin
gratin
satin
mâtin
châtain

bulletin
étain
éteint
putain
hautain
butin
lutin
mutin
scrutin
enfantin
argentin
pantin
byzantin
lointain
libertin
certain, in-
destin
clandestin
festin
intestin
instinct

[vɛ̃]
vain
vingt, quatre-vingts
vainc, con-
ravin
devin
levain
divin
écrivain

[ɛ̃s]
mince, é-
pince
rince
grince
prince
évince
province

[ɛ̃kr]
vaincre, con-

[ɛ̃kt]
succincte
distincte, in-
instinct

[ɛ̃d]
dinde
guinde
scinde, re-

[ɛ̃dr]
Tous les verbes en
-indre, -aindre, -eindre
moindre
cylindre

[in]
cocaïne
héroïne
fouine
ruine
bruine

[bin]
babine
cabine
carabine
concubine
combine

[ʃin]
machine
échine

[din]
dîne
se dandine
jardine
sardine
sourdine

[fin]
fine
affine, r-
confine
morphine

[ʒin]
jean
imagine
origine
androgyne, misogyne
angine
aubergine

[lin]
praline
maline
saline
câline
zibeline
orpheline
colline
mandoline
décline
incline
discipline, in-

[min]
mine
famine
hermine
vermine

[pin]
rapine
épine, aub-
chopine

[kin]
taquine
arlequine
coquine
mesquine

[rin]
mandarine
farine, en-
marine
narine
ballerine
pèlerine
terrine
tambourine
urine
burine
chagrine
poitrine
vitrine
doctrine

[sin]
bassine
racine, en-, dé-

assassine
médecine
dessine
officine
glycine
piscine
capucine
vaccine
calcine
voisine, a-
lésine
résine
cuisine
cousine
usine

[tin]
gélatine
scarlatine
platine
patine
rétine
guillotine
bottine
routine
cantine
églantine
tartine

[vin]
ravine
devine
divine

[ing]
dancing
ding
building
pudding
holding
standing
jogging
trekking
viking
smoking
parking
peeling
travelling
bowling
brainstorming
timing
kidnapping
planning
happening
camping
looping
shopping
dring
ring
pressing
brushing
string
footing
karting
lifting
marketing
meeting
swing

[ɛ̃ʒ]
linge
méninges
singe

[ɛ̃gl]
épingle
tringle
cingle

[ɛ̃gr]
pingre
malingre

[ɛ̃g]
dingue
flingue
seringue
distingue

[ɛ̃t]
farniente
suinte
feinte
plainte
complainte
pinte
quinte
coloquinte
labyrinthe
crainte
empreinte
étreinte, astreinte
contrainte
sainte
hyacinthe
jacinthe
enceinte
absinthe
tinte
teinte, demi–
atteinte

[ɛ̃tr]
peintre
cintre, plein–

[ɛ̃ks]
sphinx
lynx
larynx, pharynx

[ip]
polype
tulipe
clip
pipe
équipe
fripe, dé-
grippe, s'a-
dissipe
anticipe
excipe
participe
émancipe
principe
type, proto-

[ipl]
périple
triple
multiple, sous–
disciple, con-

[ips]
apocalypse
ellipse
éclipse

[ipt]
crypte

[ir]
Tous les infinitifs en -ire
haïr
ébahir
trahir
envahir
obéir, dés-
ouïr
fouir, en-
jouir, ré-
éblouir
épanouir
s'évanouir
cuir
fuir, s'en-
Tous les verbes en -ir et en -ire
sabir
nadir
saphir
zéphyr
fakir
émir
avenir
souvenir
menhir
tapir
soupir
élixir
loisir
désir
plaisir, dé-
tir
repentir
martyr
sbire
déchire
tirelire
délire
mire (point de)
admire
myrrhe
cachemire
pire
empire
vampire
rire, sou-
cire
satire
satyre
navire

[is]
hisse
haïsse
maïs
cuisse
puisse
suisse

[bis]
bis
abysse
ibis

[dis]
dix
jadis
préjudice
indice
appendice
immondice
de profundis

[fis]
fils, beau–, petit–
maléfice
bénéfice
édifice
orifice
sacrifice
artifice
office

[lis]
lis
lice (entrer en)
calice
malice
hélice
délice
milice
cilice
police
coulisse
glisse
réglisse
plisse, dé-
supplice
complice

[mis]
prémices
s'immisce
comices

[nis]
génisse
pénis
tennis
jaunisse

[pis]
tapisse
épice
précipice
propice
frontispice
hospice
auspice

[kis]
esquisse

[ris]
avarice
hérisse
iris
clitoris
nourrice
prisse
caprice
cicatrice
impératrice
calculatrice
actrice
lectrice
directrice

[sis]
six, double–
cassis
saucisse

narcisse
exercice
oasis

[tis]
tisse, dé-
bâtisse
gratis
rapetisse
métis
myosotis
notice
armistice
justice, in-
solstice
interstice

[vis]
vis (pas de)
tournevis
vice
visse, dé-
écrevisse
sévices
novice
service

[ʃiz]
catéchise
franchise

[diz]
friandise
marchandise
gourmandise
couardise
paillardise
bâtardise
vantardise
balourdise

[giz]
guise
déguise

[liz]
lise, re-, é-, réé-
vocalise
analyse
valise
église

[miz]
mise, re-, entre-, pro-, main-
chemise

[kiz]
banquise
marquise
exquise

[riz]
cerise
brise
crise
frise
grise
prise, re-, em-
méprise
surprise
maîtrise
prêtrise
traîtrise

[siz]
assise
indécise
précise
concise

[tiz]
convoitise
bêtise
sottise
hantise
fainéantise
expertise, contre–

[viz]
devise
indivise

[ism]
isthme
archaïsme
judaïsme
déisme
athéisme, pan-
égoïsme
héroïsme
snobisme
cubisme
schisme
catéchisme
fétichisme
bouddhisme
sophisme
idéalisme
réalisme, sur-
socialisme
vandalisme
journalisme
structuralisme
fatalisme
symbolisme
cataclysme
euphémisme
optimisme
christianisme
mécanisme
paganisme
organisme
charlatanisme
communisme
cynisme
priapisme
barbarisme
lyrisme
aphorisme
prisme
ostracisme
stoïcisme
atticisme
scepticisme
paroxysme
exorcisme
rhumatisme
fanatisme
magnétisme
spiritisme
patriotisme
despotisme
mutisme
pédantisme
romantisme
dilettantisme
éclectisme
atavisme
collectivisme

[isk]
bisque
disque

confisque
odalisque
obélisque
risque

[ist]
déiste
panthéiste
hautboïste
égoïste
linguiste
casuiste
anarchiste
monarchiste
modiste
bouddhiste
sophiste
paysagiste
légiste
stratégiste
pigiste
aubergiste
liste
idéaliste
réaliste, sur-
socialiste
loyaliste
royaliste
journaliste
moraliste
fataliste
duelliste
nouvelliste
styliste
symboliste
fabuliste
oculiste
simpliste
polémiste
chimiste, al-
pessimiste, optimiste
économiste
alarmiste
pianiste
humaniste
botaniste
ébéniste
helléniste
janséniste
machiniste
féministe
latiniste
calviniste
violoniste
situationniste
piste, dé-
papiste
trappiste
copiste
utopiste
harpiste
fleuriste
caméristе
choriste
rigoriste
coloriste
humoriste
touriste
juriste
puriste
équilibriste
triste
attriste
assiste
insiste
consiste
persiste
résiste
subsiste
existe, co-, pré-
publiciste
exorciste
fantaisiste
dentiste
artiste
gréviste
archiviste
récidiviste
à l'improviste

[istr]
cuistre
bistre
registre, en-
ministre
sinistre

[ɥit]
huit, dix–
cuite, re-
conduite, in-, re-
fuite
ébruite
inuit
truite
suite, pour-, en-
jésuite
gratuite
fortuite

[itʃ]
kitsch
pitch
speech

[bit]
habite, co-
débite
subite
orbite
presbyte

[dit]
dites, redite
édite, ré-
médite, pré-
crédite, ac-, dis-
troglodyte
hermaphrodite
commandite

[fit]
néophyte
profite
confite, dé-

[ʒit]
gîte
agite
ingurgite

[lit]
élite
israélite
carmélite
prosélyte
satellite
acolyte
cosmopolite

insolite
hétéroclite

[mit]
mite
mythe
dynamite
sémite, anti-
stalagmite
imite
limite, dé-
marmite
ermite
termite

[nit]
granit
zénith

[pit]
décapite
pépite
crépite, dé-
précipite
palpite

[kit]
quitte
acquitte

[rit]
rite
marguerite
hérite, dés-
mérite, dé-, é-
irrite
spirite
favorite
abrite
hypocrite
s'effrite

[sit] et [zit]
site
tacite
satisfecit
déficit
plébiscite
licite, il-
implicite, explicite
réussite
parasite
hésite
visite

[tit]
petite
stalactite

[vit]
vite
gravite
évite
lévite
conjonctivite
moscovite
invite, dés-, ré-

[itr]
huître
arbitre
litre
élytre
mitre
pitre
chapitre
épître
pupitre
titre, sous–
vitre

[iv]
naïve
juive
suive, s'en-
poursuive
archives
maladive
récidive
tardive
ogive
salive
olive
enjolive
solive
déclive
esquive
rive
arrive
dérive
écrive
grive
prive
lessive
missive
défensive, offensive
gencive
prérogative
alternative
tentative
sensitive
motive
locomotive
active
perspective
invective
cultive
captive
vive, a-, ra-, con-,
re-, sur-, qui–

[ivr]
cuivre
suivre, pour-, s'en-
givre
livre, dé-
vivre, re-, sur-,
savoir–
vivres

[iks]
phénix
onyx
fixe, af-, pré-, suf-
prolixe
rixe

O

[o]
eau
haut
au, aux
chaos
cacao
duo

[jo]
caillot
maillot
vieillot
idiot
imbroglio
chariot
scénario
imprésario
trio
bestiaux
boyau, tord-boyaux
joyau
noyau
tuyau
agneau
vidéo
fléau

[bo]
beau
nabot
escabeau
lavabo
sabot
paquebot
turbo
bobo
robot
lambeau
flambeau
tombeau
corbeau

[ko]
écho
coquelicot
haricot
abricot
coco
rococo
sirocco
quiproquo
franco

[ʃo]
chaud, ré-
cachot
artichaut
manchot
macho

[do]
do
dos (dos à)
credo
crescendo, de-
dodo
d'eau
badaud
cadeau
radeau
bedeau
pseudo
rideau
bandeau
landau
cordeau

[fo]
faux
défaut
échafaud

[go]
go
fagot
magot
indigo
gigot
nigaud, attrape–
hidalgo
lingot
logo
argot
escargot

[lo]
lot
allô
halo
ballot
cachalot
galop
bibelot
grelot
matelot
vélo
îlot
trémolo
solo
mulot
brûlot
bouleau
goulot
rouleau
tableau
hublot
clos (huis), é-, dé-
flot
cash-flow
sanglot
complot

[mo]
mot (à demi)
primo
pianissimo,
fortissimo
hameau
chameau
rameau
émaux
eskimo
homo
pommeau
jumeau
chalumeau
sumo
marmot
plumeau

[no]
canot
piano
soprano
finaud
domino
casino
anneau
panneau
moineau
créneau
traîneau
techno
mono
kimono
dindonneau
tonneau
porno
pruneau
étourneau
fourneau

[po]
pot
peau
appeau
chapeau
crapaud
dépôt
entrepôt
drapeau
impôt
suppôt
tripot
repos, dispos
propos (à)
pipeau
oripeau
copeau
troupeau

[ro]
rôt
barreau
carreau
sarrau
poireau
héros
boléro
numéro
toréro
zéro
tombereau
maquereau
passereau
tourtereau
blaireau
terreau
euro
sirop
croc, ac-, es-
micro
gros, demi–
allegro
soupiraux
coraux
floraux
taureau
bourreau
bureau
sureau
perdreau
trot
trop
maestro
vitraux
chevreau

[so]
seau
lasso
curaçao
faisceau
vaisseau
ruisseau, saute–
vermisseau
souriceau
arbrisseau
trousseau
pinceau
lionceau
arceau
berceau
cerceau
verso
morceau
pourceau

[ʒo]
oiseau
les os
scherzo
réseau
biseau
ciseau
roseau
fuseau
museau

[to]
taux
tôt, plu-, bien-, tan-
pataud
bateau
plateau
château
gâteau
râteau
veto
étau
tréteau
incognito
chapiteau
écriteau
sitôt, aus-
auto
loto
moto
poteau
recto
manteau, porte-
coteau
poteau
marteau
quarto, in–
concerto
porto
presto
costaud
couteau

[vo]
veau
bravo
caveau
travaux
pavot
écheveau
dévot
niveau
pivot

nouveau, re-
cerveau
équivaut

[ɔb]
job
gobe
globe, en-
robe, garde–
dérobe, en-
microbe
probe, im-
zob

[ɔbl]
vignoble
noble
ignoble

[ɔbr]
opprobre
sobre
octobre

[ob]
aube
daube

[ɔk]
manioc
coq
coque, bi-
choc
dock
phoque
bloc
loque
colloque
époque
roc
rock
baroque
réciproque
troc
soc
stock
toc
toque
équivoque

[ok]
glauque
rauque
coke

[ɔʃ]
pioche
brioche
coche
coche, en-, dé-, sa-
galoche
taloche
filoche
cloche
poche, vide–, em-,
rem-
roche
broche, em-, tourne–
croche, ac-, rac-, dé-
proche, ap-, rap-
reproche
fantoche

[oʃ]
ébauche, d-
embauche
fauche
gauche
chevauche

[ɔkl]
monocle, binocle
socle

[ɔkr]
ocre
médiocre

[ɔd]
ode
période
code
pagode
mode, se dé-
commode, in-, ac-, rac-
i-Pod
antipode
érode
brode
épisode
exode
méthode

[od]
chaude
chiquenaude
maraude
émeraude
fraude

[ɔf]
off
bof
kouglof
prof
limitrophe
strophe
catastrophe
apostrophe
philosophe
étoffe

[ɔfr]
offre
coffre, en-

[ɔg]
blog
bogue
dogue, boule-
pédagogue
démagogue
synagogue
dialogue
catalogue
épilogue
monologue
décalogue
prologue
astrologue
analogue
pirogue
drogue
vogue

[ɔʒ]
doge
loge, dé-

éloge
horloge
déroge
interroge
abroge, subroge
toge

[oʒ]
jauge
sauge
patauge

[ɔgm]
dogme

[ɔɲ]
cogne, se ren-
cigogne
vergogne
bourgogne
se renfrogne
grogne
trogne
ivrogne
besogne

[bwa]
bois, sous–
boit
aboi, aux abois
hautbois

[ʃwa]
chois, choit
anchois

[dwa]
dois, doit
doigt

[fwa]
foie
fois, quelque-,
autre-, par-, toute-

[ʒwa]
joie
villageois
bourgeois

[lwa]
loi, a-
gaulois
emploi
exploit

[mwa]
moi
émoi
chamois

[nwa]
noix, casse–
danois
sournois
tournoi

[pwa]
pois
poix
poids, contre-, sur-

[kwa]
coi
quoi, pour-
adéquat
iroquois
carquois
narquois

[rwa]
désarroi
paroi
courroie
croit
croît, ac-, dé-, de sur-
croix, porte–, rose–
droit, passe–
droit, a-, mala-
endroit
froid, sang–
effroi
beffroi
proie
trois
étroit (à l')
détroit
octroi

[swa]
soie
assoit, r-
sursoit
reçoit
conçoit
déçoit
perçoit, a-

[twa]
toit, avant–
patois
putois
courtois, dis-

[vwa]
voie
voix, porte–, abat–
grivois
envoi, r-
convoi

[waɲ]
oigne
joigne
éloigne
témoigne
soigne

[wal]
moelle
poil
poêle
squale
toile, entre-
étoile
voile
dévoile

[wɛ̃]
babouin
coin, re-
coing
foin, sain-
chafouin
baragouin
sagouin
pingouin
joint, ad-, con-
ci-joint

loin
moins, néan-
témoin
poing
point (à, mal en), ap-, rond–, embon-, contre-
pourpoint (à brûle)
groin
soin
marsouin
besoin

[wɛ̃dr]
joindre, ad-, re-, dis-, en-
moindre
poindre

[wan]
macédoine
moine
patrimoine
avoine
pivoine

[wɛ̃t]
jointe
pointe
appointe, dés-

[war]
peignoir

[ʃwar]
déchoir
hachoir
mouchoir
perchoir

[dwar]
boudoir
accoudoir

[zwar]
bougeoir

[lwar]
falloir
valoir, équi-, pré-
couloir
vouloir, re-
parloir

[mwar]
assommoir
fumoir

[nwar]
manoir
entonnoir

[pwar]
espoir, dés-

[rwar]
terroir
miroir
tiroir

[swar]
bonsoir
asseoir, r-
dressoir
pressoir
repoussoir
encensoir
ostensoir
rasoir
reposoir
arrosoir

[twar]
abattoir
grattoir
trottoir
sautoir
comptoir
dortoir

[vwar]
voir, pré-, entre-re- (au), pour-
avoir, r-
lavoir
savoir
devoir, re-
recevoir
décevoir
concevoir
percevoir
pleuvoir
abreuvoir
mouvoir, é-, pro-
pouvoir
réservoir

[war]
baignoire
boire, pour-, dé-
mâchoire
foire
nageoire
mangeoire
gloire
moire
mémoire
armoire
noir
poire
croire, ac-
passoire
accessoire
rôtissoire
balançoire
dérisoire
provisoire
illusoire
aléatoire
obligatoire
interrogatoire
purgatoire
diffamatoire
échappatoire
préparatoire
oratoire
laboratoire
conservatoire
observatoire
prétoire
auditoire
méritoire
territoire
réquisitoire
transitoire
notoire
exutoire

promontoire
trajectoire
réfectoire
directoire
contradictoire
victoire
péremptoire
répertoire
histoire, pré-
voire
ivoire

[waz]
boise, dé-, re-
framboise
ardoise
villageoise
bourgeoise, s'em-
noise
turquoise
croise, dé-, entre-
pavoise
apprivoise

[was]
angoisse
poisse
paroisse
croisse, s'ac-, dé-
froisse

[wat]
ouate
boîte, dé-, em-
exploite
moite
miroite
droite
adroite, mal-
étroite
convoite

[watr]
cloître
croître, ac-, dé-

[wav]
boive, doive, *etc.*

[ɔl]
auréole
créole
alvéole
babiole
fiole
carriole
variole
gloriole
cabriole
gaudriole
luciole
bestiole
carmagnole
espagnol
guignol
rossignol
viol
vitriol

[bɔl]
parabole
hyperbole
symbole
discobole
carambole

[kɔl]
col
alcool
colle, dé-, re-
accole
racole
école
agricole
protocole

[dɔl]
idole
farandole
gondole

[fɔl]
folle, archi-
affole, r-
batifole

[ʒɔl]
cajole
flageole
rougeole

[mɔl]
mol
bémol
immole

[pɔl]
monopole
acropole
nécropole
métropole
coupole

[rɔl]
parole
banderole
casserole
corolle
pétrole

[sɔl]
sol, entre-, sous–,
para-, tourne-
boussole
console
désole
isole
camisole

[tɔl]
étole
pistole

[vɔl]
vole, s'en-, con-
vol, anti-
bénévole
frivole

[ol]
miaule
piaule
gaule
goal
geôle
enjôle
môle

pôle
épaule
rôle, en-
drôle
frôle
contrôle
saule
tôle

[ɔlt]
colt
récolte
volte, vire-
révolte
désinvolte

[ɔm]
homme, bon-, sur-
muséum

[jɔm] et [jom]
géranium
harmonium
opium
aquarium
hélium
lithium
sodium
aluminium
uranium
idiome
axiome
royaume

[nɔm]
sternum
nomme, re-, dé-, sur-
économe
métronome
astronome
gastronome
autonome

[pɔm] et [pom]
pomme
paume

[rɔm]
rhum
CD-Rom
sérum
décorum
forum

[rom]
arôme
hippodrome

[sɔm] et [som]
somme, as-, con-
pensum
psaume

[tɔm] et [tom]
ultimatum
post-scriptum
tome
atome
hématome
fantôme
symptôme

[ɔ̃b]
bombe
catacombes
succombe
incombe
colombe
palombe
plombe, sur-
trombe
tombe, re-, outre–,
héca-

[ɔ̃bl]
comble (de fond en)
combles

[ɔ̃br]
ombre, pén-
décombres
encombre, dés-
concombre
nombre, dé-
surnombre
sombre

[ɔ̃p]
pompe
rompe, cor-, inter-
trompe, dé-
estompe

[ɔ̃pr]
rompre, cor-, inter-

[ɔ̃]
odéon
accordéon
caméléon
néon
panthéon

[jɔ̃]
contagion
légion
région
religion
lion, fourmi-
talion
rébellion
million, trillion
ganglion
opinion
union, ré-, dés-, comm-
pion
champion
lampion
scorpion
espion
embryon
Tous les noms féminins en -tion
profession
pression, dé-, ré-, op-, sup-, com-, im-, ex-
cession, con-, rétro-, pro-, suc-, sé-
session, ob-
mission
discussion
ascension
inflexion
réflexion
répulsion
convulsion
version, a-, con-
contorsion

persuasion
occasion
évasion, invasion
adhésion
lésion
dérision
décision, in-
précision, im-
concision, cir-
vision, ré-, di-,
télé-, pré-, pro-
éclosion
fusion, ef-, dif-, pro-,
con-, in-
allusion
illusion, dés-
conclusion
exclusion
intrusion
contusion
bastion
avion
rayon
crayon
haillon
médaillon
réveillon
tourbillon
grillon
papillon
sillon
échantillon
postillon
pavillon
bouillon
brouillon
souillon

[njɔ̃]
compagnon
chignon
mignon
champignon
oignon
moignon
grognon
trognon
lorgnon

[bɔ̃]
bonbon
bond (faux)
nauséabond
vagabond
pudibond
moribond
jambon
charbon

[kɔ̃]
con
qu'on
flacon
fécond, in-
rubicond
cocon
flocon
faucon
balcon

[ʃɔ̃]
cornichon
cochon
bouchon, tire–
capuchon
cruchon
manchon
torchon
à califourchon

[dɔ̃]
édredon
bidon
guidon
amidon
guéridon
rigodon
abandon
tendon
dindon
chardon
lardon
pardon
cordon
bourdon

[fɔ̃]
fond, pla-, pro-, mor-,
con-
fonds, tré-
font
chiffon
siphon
typhon
bouffon

[gɔ̃]
gond
dragon
wagon
second
jargon
fourgon

[ʒɔ̃]
jonc
pigeon
donjon
plongeon
bourgeon
esturgeon

[lɔ̃]
long, ob-
ballon
galon
jalon
salon
talon
étalon
pantalon
vallon
échelon
melon
mamelon
frelon
selon
félon
grêlon
filon
pilon
aquilon
violon
à reculons
blond
sablon

houblon
plomb (fil à), a-, sur-

[mɔ̃]
mont, en a-
démon
limon
saumon
poumon
sermon

[nɔ̃]
non, si-
nom, pré-, prête–,
re-, sur-
canon
guenon
chaînon

[pɔ̃]
pond
pont, entre-
chapon
lapon
répond
correspond
coupon
poupon
jupon
crampon
tampon
pompon
harpon

[rɔ̃]
rond
rompt, cor-, inter-
baron
fanfaron
larron
marron
vigneron
biberon
tâcheron
moucheron
bûcheron
forgeron
liseron
héron
clairon
perron
giron
aviron
environ
juron
ceinturon
chaudron
goudron
front, af-
prompt
tronc
électron
patron
citron

[sɔ̃]
son
sont
paillasson
façon (sans), contre-,
mal-
glaçon
maçon, franc–
limaçon, co-
boisson
moisson
poisson
leçon
caleçon
hameçon
caisson
tesson
buisson
cuisson
polisson
unisson
hérisson
nourrisson
frisson
saucisson
chausson
mousson
écusson
chanson
rançon
pinson
tronçon
soupçon
garçon
ourson

[zɔ̃]
gazon
blason
diapason
cloison
poison, contre-
toison
liaison
cargaison
démangeaison
maison
combinaison
inclinaison
raison, dé-
comparaison
floraison, dé-
saison, arrière–,
morte–
trahison
bison
garnison
guérison
horizon
prison
tison

[tɔ̃]
ton, demi–
tond
thon
bâton
qu'en-dira-t-on
à tâtons
feuilleton
jeton, re-
hanneton
breton
teuton
piéton
dit-on, dicton
baryton
triton
coton

peloton
bouton
glouton
mouton
croûton
canton
plancton
carton
avorton
veston
piston

[võ]
savon

[õk]
conque
quiconque
quelconque
jonque
tronque

[õs]
quinconce
fonce, dé-, en-, ren-
annonce
renonce
énonce, d-
prononce
ponce (pierre)
réponse
ronce
fronce

[õʃ]
jonche
punch
bronche
tronche

[õd]
micro-ondes
bonde
abonde, sur-
vagabonde
féconde, in-
fonde
profonde
seconde
se dévergonde
blonde
monde, é-, im-
inonde
ronde (à la)
gronde
sonde

[õdr]
fondre, re-, con-,
se mor-, s'ef-
pondre, ré-, corres-
tondre

[õn]
lionne
bonne, bom-
trombone
carbone
conne, dé-
donne, mal-
madone
aphone
téléphone, interphone
saxophone
hexagone
polygone
colonne
anémone
nonne
couronne
matrone
patronne
consonne
personne
tonne
monotone
atone
automne
autochtone
savonne
ozone

[on]
aune
cône
icône
faune
jaune
pylône
clone
cyclone
aumône
prône
trône, dé-
zone
amazone

[õfl]
gonfle, dé-, re-
ronfle

[õʒ]
longe, pro-, al-, ral-
plonge, re-
éponge
ronge
songe, men-

[õgl]
ongle (rubis sur l')
jongle

[õstr]
monstre

[õt]
honte
conte, ra-
comte, vi-
compte, re-, ac-, dé-,
mé-, es-
dompte
mastodonte
fonte, re-
monte, re-, sur-, dé-
affronte, confronte
prompte
tonte

[õtr]
contre, ci–, à l'en-
montre, dé-

[õz]
onze
bonze
bronze

[ɔp]
myope
syncope
télescope
horoscope
magnétoscope
microscope
kaléidoscope
chope
choppe, a-
galope
développe
enveloppe
antilope
pop
philanthrope
misanthrope
stop, stoppe

[op]
taupe

[ɔpr]
propre, im-, mal-

[ɔr]
or
hors, de-
fluor
trésor

[bɔr]
bord, re-, bâ-, tri-
abord (d')

[kɔr]
corps (garde du, corps à)
accord, r-, dés-
record
décor
encor(e)

[dɔr]
dort, en-, ren-
matador
conquistador
corridor
condor

[fɔr]
fort, coffre–
contrefort
confort, ré-
effort
renfort

[lɔr]
milord
lors, alors, dès lors

[mɔr]
mord, dé-
mors
remords
mort (ivre), croque–

[nɔr]
nord
ténor

[pɔr]
porc
port, re-, ap-, rap-, sup-, trans-, passe-
sport

[sɔr]
sort, res-
essor
trésor

[tɔr]
tord, dis-
tort
retors
alligator
mentor
castor

[ɔrb]
absorbe
résorbe

[ɔrʃ]
écorche
porche
torche

[ɔrb]
board (snow, skate)
horde
borde, a-, dé-, sa-, trans-
corde, con-, dis-
accorde, r-, dés-
miséricorde
lord
morde
exorde
torde

[ɔrdr]
désordre
mordre, dé-
tordre, re-, dé-, dis-

[ɔr]
météore
encore
inodore
métaphore
phosphore
colore, in-, tri-
chlore
clore, en-, é-
flore
sonore, in-
pore
aurore
store
herbivore,
carnivore, *etc.*

[ɔrʒ]
forge
gorge, coupe–,
rouge–, é-, dé-, re-

[ɔrɲ]
borgne, é-
lorgne

[ɔrg]
orgue (point d')
morgue

[ɔrm]
dorme, en-, ren-
forme, ré-, dé-, re-,
trans-, in-, con-, dif-,
in-, uni-, plate–
chloroforme
norme
énorme

[ɔrn]
borne
suborne
corne, é-, en-
licorne
morne

[ɔrk]
remorque
rétorque
extorque

[ɔrs]
corse
écorce
force, ren-, s'ef-
morse
amorce
torse
retorse
entorse
divorce

[ɔrt]
cohorte
escorte
forte, eau–, main–,
con-
morte (de main)
porte
cloporte
sorte, res-
exhorte
avorte

[oz]
apothéose
virtuose
grandiose
cause
psychose, métem-
glucose
chose
dose
métamorphose
tuberculose
close-, é-, dé-, en-
clause
glose
ecchymose
gnose
pose
pause
rose
arrose
morose
prose
névrose

[ɔs]
bosse
cosse, é-
précoce
sacerdoce
négoce
colosse
molosse
noce
rosse
carrosse
féroce
brosse
atroce
rhinocéros
désosse

[os]
hausse, re-, ex-
chausse, dé-, re-
(s')adosse, endosse
fosse, basse–
fausse, dé-
se gausse
grosse, en-
sauce
exauce

[ɔst] et [ost]
accoste
holocauste
poste, timbre–, avant–
riposte
toast

[ɔt]
hotte
patriote, com-
papillote
bouillotte
botte, dé-
cote
cocotte
antidote
anecdote
pelote
pilote
culotte, dé-
flotte
polyglotte
motte, é-
marmotte
note
menotte, em-
linotte (tête de)
capote
compote
despote
carotte
marotte
crotte, dé-
grotte
trotte
vote
azote

[ot]
hôte
haute
côte, entre-, garde–
faute
astronaute
cosmonaute
saute, sur-

[otr]
autre
nôtre, vôtre
apôtre
se vautre

[u]
où, ou
houx
août
voyou
caillou
interview

[bu]
boue
bout
debout
marabout
hibou
bambou

[ku]
cou, casse–
coud, dé-, re-
coût, sur-
coup (sur le, tout à, tout d'un, après), à–, contre–
beaucoup
coucou
haïku

[ʃu]
chou (bout de), chou-
caoutchouc

[du]
doux, aigre–
hindou
vaudou

[fu]
garde-fou

[gu]
goût, dé-, avant–, arrière–
égout

[ʒu]
joug
acajou
bijou
joujou

[lu]
loup
andalou
jaloux
filou
clou
flou

[mu]
moue
moud
remous

[nu]
nous
genou

[pu]
pouls
pou
époux

[ru]
roue
roux
loup-garou
verrou
courroux
kangourou
écrou
proue
trou, bouche–

[su] et [zu]
soûl
sous, des-
dissout
absout
zou
bisou
résout

[tu]
tout, tous
partout, passe–
surtout
atout
toux
matou

[vu]
vous, rendez–

[ubl]
double, dé-, re-
trouble

[uk]
bouc
look
felouque
souk

[uʃ]
bouche, a-, em-, dé-, re-
couche, re-, ac-, dé-
douche
louche
mouche, escar-
farouche, ef-
souche
touche, re-
cartouche

[ukl]
boucle, dé-

[ud]
boude
coude, s'ac-
soude, des-, res-

[udr]
coudre, dé-, re-
foudre
moudre
poudre, sau-
dissoudre

absoudre
résoudre

[uf]
bouffe
pouffe
esbroufe
touffe, é-

[ufl]
moufle
souffle, es-
boursoufle
s'emmitoufle
pantoufle

[ufr]
gouffre, en-
soufre
souffre

[uʒ]
bouge
rouge

[uj]
houille
fouille, far-
gargouille
grenouille
dépouille
rouille, dé-
brouille, dé-
patrouille
citrouille

[ul]
houle
boule
coule
cool
foule, re-
cagoule
moule
poule
ampoule

[ulp]
poulpe

[um]
boum
zoom

[up]
coupe, sou-
scoop
loupe
chaloupe
poupe
croupe
groupe
troupe, s'at-
soupe

[upl]
couple, s'ac-
souple

[ur]
bourg, fau-
labour
à rebours
tambour
bourre
cour, basse–
court
cours, par-, re-, se-,
con-, dis-
troubadour
four (petit–)
carrefour
jour, abat–, demi–,
bon-, sé-
toujours
lourd, ba-
velours
amour
humour
sourd
tour (tour à), demi–,
re-, dé-, alen-, con-,
pour-, au-
vautour
bravoure

[urb]
embourbe
courbe, re-
fourbe

[urd]
bourde
gourde
lourde, ba-
sourde

[urs]
ours(e), Grande-Ourse
bourse, dé-, rem-
course
source, res-

[urt]
courte
tourte
yaourt
yourte

[uz]
couse, dé-, re-
douze
jalouse
pelouse
blouse
blues
épouse
ventouse

[us]
housse
secousse
rescousse
douce
mousse
pouce
pousse, re-
rousse
brousse
trousse

[ust]
langouste
mangouste

[ut]
août
coûte
écoute
shoot
doute (sans), re-
goutte, é-, dé-
goûte, dé-, ra-
joute
ajoute
route, dé-, banque-
croûte, en-
choucroute
dissoute
toute
voûte

[utr]
outre
foutre
loutre
poutre

[uv]
couve
louve
prouve, é-, ré-, ap-, désap-
trouve, re-

[uvr]
ouvre, r-, entr-
couvre, dé-, re-

[ov]
alcôve
chauve
fauve
mauve
guimauve
sauve

[ovr]
pauvre

[ɔks]
boxe
paradoxe
orthodoxe
équinoxe

U

[y]
eu
bahut
cohue

[by]
imbu
début
rebut
abus
tribu
tribut, at-
barbu
fourbu

[ky]
cul
écu
vécu, sur-
vaincu, con-, in-

[ʃy]
chu, é-, dé-
fichu
crochu
fourchu

[dy]
dû, in-
assidu
résidu
individu
dodu
défendu
pendu, sus-
répandu
rendu
tendu
attendu, in-
étendu, étendue
prétendu
entendu, sous–, mal-
vendu, in-
fondu, con-
ardu
perdu, é-
tordu

[fy]
fut
fût, à l'af-
refus
diffus, infus
confus
touffu

[gy]
aigu, sur-
ambigu
ciguë
exigu
contigu

[ʒy]
eut
jus

[ly]
salut
talus
poilu
velu, che-
élu, ré-
absolu
dissolu
résolu, ir-
dévolu
révolu
goulu
moulu, é-, ver-
voulu
reclus
inclus
conclu
flux, re-, in-

superflu
glu
plus, (au) sur-

[my]
mû, ému, promu
mue

[ny]
saugrenu
menu, trotte–
tenu, dé-, codé-, re-, con-, sou-
venu, re-, pré-, sur-, par-, bien-, mal-, non a-
avenue
bienvenue
déconvenue
ingénu
ténu
continu, dis-
connu, re-, mé-, in-
cornu, bis-

[py]
pu
pue
pus
trapu
repu
crépu
rompu, cor-, inter-

[ry]
rue, grand–
charrue
verrue
cru, ac-, dé-
crue
écru
grue
féru
bourru
couru
bru
dru
incongru
intrus

[sy]
su, à l'in-
sus (en), des-, par-des-
pardessus
massue
reçu
déçu
conçu, pré-
perçu, a-, ina-
issu, issue
tissu
bossu
sangsue

[ty]
battu, ra-, é-, dé-, com-
courbatu
statut
fétu
têtu
vêtu, dé-, re-
substitut
pointu
obtus
impromptu
vertu
statue
laitue
tortue

[vy]
vue (point de), re-, entre-
bévue
prévu, im-
pourvu, (au) dé-

[zy]
cousu, dé-, re-

[yb]
cube
tube, en-
titube

[ybl]
affuble
soluble, in-

[ybr]
élucubre
lugubre
salubre, in-

[yk]
duc, grand–, archi-
viaduc
aqueduc
caduc
truc
suc

[yʃ]
bûche, em-
trébuche
juche
peluche
coqueluche
épluche
ruche
perruche
baudruche
cruche
autruche

[ykr]
lucre
sucre

[yd]
Talmud
sud
élude
interlude
prélude
dénude
rude
prude
étude
quiétude, in-
habitude, in-
solitude
plénitude
lassitude
attitude
gratitude, in-
exactitude, in-
multitude

aptitude, in-
certitude, in-
servitude

[yfl]
buffle
mufle
insuffle

[yʒ]
refuge
transfuge
subterfuge
juge, se dé-, ad-, pré-
déluge
gruge

[yg]
fugue
conjugue
subjugue

[yl]
bulle
conciliabule
mandibule
vestibule
globule
préambule
funambule
somnambule
noctambule

[kyl]
recul
calcul
tentacule
fécule
molécule
pécule
véhicule
ridicule
canicule
particule
bascule
majuscule
minuscule
crépuscule
opuscule

[dyl]
adule
crédule, in-
module
pendule
ondule

[gyl]
coagule
virgule

[lyl]
libellule
cellule
pilule
pullule

[myl]
émule
simule, dis-
stimule
cumul
formule

[nyl]
nul
annule
granule

[pyl]
crapule
manipule
stipule
scrupules

[ryl]
férule
brûle

[syl]
péninsule
capsule

[tyl]
tulle
capitule, ré-
intitule
rotule
tarentule
postule
pustule

[vyl]
ovule

[ylt]
culte, in-, oc-
sculpte
ausculte
adulte
tumulte
catapulte
insulte
consulte
résulte
exulte

[ym]
écume
légume
volume
enclume
plume, porte–
rhume
brume, em-
bitume
coutume
amertume
costume
posthume

[œ̃]
tribun
chacun, aucun
quelqu'un
défunt
parfum, brûle–
à jeun
commun
brun
embrun
emprunt
opportun, in-
importun

[yn]
une
hune (grande)
tribune
lacune
chacune, aucune
quelqu'une

rancune
dune
lagune
lune, demi–
commune
brune
prune
fortune, in-
opportune, in-
importune

[œ̃t]
défunte
emprunte
junte

[yp]
occupe, pré-
dupe
jupe

[yk]
caduque
nuque
eunuque
perruque

[yr]
eurent
rayure
égratignure

[byr]
courbure

[kyr]
cure, pédi-, manu-
procure
mercure
piqûre
obscur, clair–

[ʃyr]
hachure
brochure
embouchure
épluchure
écorchure

[dyr]
dur
dure, en-
froidure
procédure
verdure
ordure
bordure

[fyr]
coiffure

[gyr]
figure, dé-, con-, trans-
augure, in-
envergure

[ʒyr]
jure, ad-, con-, in-, par-
gageure

[lyr]
allure
voilure
engelure
pelure
ciselure
chevelure
fêlure
encolure
foulure
moulure
brûlure
doublure
inclure, exclure
conclure
éraflure
enflure

[myr]
mur
mûr
fémur
mure, em-
armure
murmure

[nyr]
enluminure
tournure, en-

[pyr]
pur, im-
épure
coupure, dé-

[ryr]
carrure
parure
ferrure
serrure
déchirure
dorure
fourrure
échancrure

[syr]
sur
assure, r
blessure
fissure
chaussure
éclaboussure
censure
tonsure
morsure
luxure

[tyr]
futur
créature
miniature
signature
courbature
caricature
armature
nature
littérature
ossature
stature
dictature
pâture
droiture
toiture
voiture
confiture, dé-
progéniture
nourriture
pourriture
écriture
triture

clôture
couture
future
tenture
aventure (bonne), més-
peinture
ceinture
teinture
monture
préfecture, sous–
conjecture
lecture
architecture
conjoncture
désinvolture
culture
sculpture
sépulture
capture
rupture
ouverture, c-, ré-
torture
posture, im-

[vyr]
gravure
nervure

[ʒyr]
azur
embrasure
mesure (à), dé-
usure

[yrʒ]
démiurge
purge, ex-
s'insurge
dramaturge

[yrn]
urne
turne
Saturne
taciturne
nocturne

[yrk]
bifurque
turc

[ys]
bus, auto-
mordicus
blocus
gus
angélus
humus
anus
Vénus
puce
russe
papyrus
virus
chorus (faire)
suce
astuce
sus
lapsus
hiatus
lotus
cactus
prospectus
rictus
eucalyptus

[yʒ]
abuse
buse
accuse, récuse
excuse
méduse
fuse, trans-, dif-, re-, con-
recluse
percluse
écluse
muse
amuse
cornemuse
ruse

[ysk]
débusque, embusque
offusque
jusque(s)
mollusque
musc
brusque

[yst]
buste
robuste
arbuste
déguste
juste, in-
ajuste, r-
incruste
fruste

[ystr]
lacustre
lustre, il-
rustre

[yt]
hutte
cahute
but
butte (être en)
chute, re-, para-
culbute
lutte
luth
flûte
volute
minute
dispute
pute
rut
brut
brute
hirsute

[yv]
cuve, dé-, en-
effluve
étuve

Librio

671

Composition PCA – 44400 Rezé
Achevé d'imprimer en France (Ligugé) par Aubin Imprimeur
en février 2007 pour le compte de E.J.L.
87, quai Panhard-et-Levassor, 75013 Paris
Dépôt légal février 2007
1er dépôt légal dans la collection : décembre 2004
EAN : 9782290344163

Diffusion France et étranger : Flammarion